妖華八犬伝
地の巻

鳴海 丈

廣済堂文庫

目次

第一章　神変女人能

一

無毛ではない。

剃り落としているのだ。

全裸の女体の、その青みがかった豊かな恥丘に、透きとおるような烏賊の刺身が載せてある。それを、朱漆塗りの箸が摘み上げた。

「——一言で申せば」

箸の主は、その刺身を醬油に軽く浸して、

「ご改革は失敗するということよ」

次に、半ば口を開いている女の花弁の中に、ねじこむようにする。

ひくっ、と女の内腿が痙攣した。敏感な内部粘膜に、醬油が滲みたのであろう。

「たしかに、当代の上様——つまり、八代将軍吉宗公の幕政改革は、上手くいっているように見える。極端な倹約令と上米の制、新田開発などによってな。財政に余裕ができたといって、十年前には、四代様より五十五年もの間絶えていた日光東照宮のご参詣も復活させておられるしのう」

皮肉っぽく唇を歪めた老人は、醤油と牝蜜によって味付けされた烏賊を口に入れた。自前の丈夫な歯で咀嚼しながら、よく味わう。

年齢は六十八歳。庶民の平均寿命が一説には三十代半ばといわれる江戸時代の六十八歳は、現代でいえば八十歳以上の高齢となる。

丹後田辺藩三万五千石の領主で前京都所司代の牧田河内守秀茂——昨年、隠居して、牧田景斎という。田辺藩下屋敷の中に、隠居屋敷を構えている。

元文三年、陰暦五月上旬の蒸し暑い深夜——その隠居屋敷の一室であった。座敷にいるのは、十徳姿の牧田老と巨大な俎板のような木の板に仰臥した裸の美女の二人だけ。

豊満な白い裸身の乳房には鯛、腹部には蛸と鰹、鮑、そして下腹部には烏賊の刺身が載せられている。女体盛りというわけだ。

「だがよ、それは表向きの話」

牧田景斎は、今度は左の乳房の上の鯛の刺身を摘み上げて、たっぷりと醤油をまぶしてから、花弁の中に押し入れた。

「ひっ」

女が全身を弓なりに反らせたので、木製の褥から丸っこい臀が浮いた。大きな乳房が揺れる。

「これ、はしたないぞよ。音音」

景斎は、笑いを含んだ声で叱った。

「も、申し訳ございません……」

音音と呼ばれた女は、目を閉じたまま詫びて、軀の感覚を殺すように唇を嚙みしめる。

二十歳くらいだろう。丸顔で美しい容貌であった。

御殿髷に箱枕を使っている。この隠居屋敷の腰元であろう。身につけているのは、髪飾りと白足袋のみであった。

肉体の成熟に比例するように、花弁は肉厚で葡萄色をしている。痛みを堪えているためか、あられもない羞恥のためか、茱萸色の乳頭が硬く尖っていた。

景斎は、ぬめる女壺から鯛の刺身を取り出すと、己れの口に運んだ。嚙みしめて、至福の表情になる。

「どこまで申したかな……そう、たとえば、昨年の天領からの年貢は百六十七万石であった。前年より三十四万石の増加じゃ」

『ならば――問題ないようにも思えますな』

そう答えたのは、次の間に控えているものである。が、人ではない。一尺近い大蝦蟇であった。

「この増収が新田開発によってもたらされたものならば、その通り。しかし、実際には、天領の代官どもが目の色を変えて百姓どもから搾り取ったからに他ならぬ」

『なるほど』

大蝦蟇は白い喉を膨らませて、相づちを打った。

「しかもじゃ。年貢の増収が武家の暮らしを潤したかというと、その逆なのだ」

自分で銚釐から盃に注いだのは、酒ではない。領内の神社から取り寄せた宝来水という名水であった。

美女の愛汁に浸した刺身を喰い、宝来水を飲む――これが最高の回春法だと、この老人は信じているのだ。

「旗本も大名も、年貢米から己れが喰らう分を引き、残りを金に換えて暮らしておる。ところが、年貢の増収によって米が余り、米価が下落して、結局は武家の懐に入る金が減ってしまったのじゃよ」

『……』

「今は、まだよい。嘘か本当か、ご改革の成果として、江戸城の御金蔵には百万両の小判が貯めこんであるそうな。しかし、この後、無理に無理を重ねた徴税が百姓一揆の呼び水となり、そこに数年前のような飢饉が起これば、幕府の屋台骨を揺るがす大騒動が起こるだろう。その時――」

『百万両の黄金を差し出せば……』

てらてらと不気味な深緑色に光る背中の疣を蠢かしながら、蝦蟇が呟く。

『幕府財政立て直しの功労者として、御前は再び幕閣に返り咲けますな』

「それどころか、老中筆頭も夢ではないわ」

景斎は嗤った。

「だからのう、崑崙よ。是非とも、里見家の黄金を我が手につかまねばならぬのじゃ。そのために、其の方ら奉魔衆を雇ったのだからな」

『心得ましてございます』

そう言う蝦蟇の口から、もやもやと白煙が湧き出した。

『八個の宝珠を入手し、黄金の隠し場所を見つけてごらんにいれまする……』

白煙は、今や蝦蟇の軀全体を包んでいる。

「頼むぞ！」

景斎の声と同時に、ふわりと白煙が崩れて、その中にあったはずの蝦蟇は見事に搔き消えていた。

「いつもながら不気味な奴らよ……」

にたにたしながら、牧田景斎は箸を置いた。十徳を脱ぎ始める。

これから、刺身を咬いながら、この音音を抱くのだ。醬油責めで濡らした花孔の味わいは、殊の外、絶妙なのである。

二

芦ノ湖の東南岸に、箱根宿はある。品川から数えて東海道で十番目の宿駅で、箱根の関所に隣接している。

住民数が約八百四十人、戸数が二百軒弱と、規模としては小田原の七分の一ほどの小さな宿場であった。

参勤交代の利便のために、元和四年に、三代将軍家光の命令により小田原宿と三島宿の両方から五十軒ずつ住民を移住させて造った宿場なのだ。だから、同じような規模の住民数八百の丸子宿には本陣が一軒しかないのに、箱根宿には六軒も本陣がある。

それに、峻険な箱根山の頂上に位置しており、上り下りの山越えの旅人が休息をとるため、旅籠数も三十六軒と多い。特に、江戸から西へ向かう旅人は、関所を無事に通過した〈山祝い〉を行なうため箱根宿に泊まる者が多かったから、小さな宿場であるのに意外と栄えていた。

さて——宿場の北側に、乾綱寺という寺がある。

江戸で牧田景斎が大蝦蟇に命令していたのとほぼ同時刻——この乾綱寺の広い本堂で、異様な集会が開かれていた。

本尊の前に、円形の大きな西洋テーブルが置かれている。それを弓形に囲んで、二十数脚の肘掛け椅子が置かれていた。

その椅子に座っているのは、裕福そうな町人たちであった。頭巾を被り袴をつけた数人は、武家の隠居と見える。彼らは一様に頬を緩めて、好色な笑みを浮かべていた。

その視線の先にあるのは、テーブルの上に立っている人間であった。洗い髪を垂らした十代後半の美しい娘だ。

しかも、上半身は裸で、二つの乳房を剥き出しにしている。腰に巻いている下裳も、ひどく短く、太腿の半ばまでしかない。素足だ。

百匁蠟燭の燭台が惜しげもなく数十本も立てられているので、本堂の中は昼のように明るい。

「――二十五両」

肘掛け椅子の町人が、扇子を軽く立てて言う。

「三十両」

別の町人も、扇子を立てて言った。

テーブルの脇に立った二十代半ばの男が、一同の顔を見回して、

「三十両の値が付きました。他にございませんか」

そう問いかけたが、誰も扇子を立てなかった。男は、にっこりと笑って、

「はい。では、このお菊は多賀屋さんが落札なさいました」

手にしていた乗馬鞭で、ぴしっとテーブルの縁を叩いた。娘は泣きそうな顔に

なったが、しかし涙は流さなかった。鞭の音が、彼女の涙腺を制御したのであろう。

この集会――〈箱根天女市〉という。三ヶ月に一度開かれて、名馬や材木に値を付けるように、罰当たりなことに生きた女に値を付けて競り落とすのだ。

買いにきているのは、江戸や小田原、三島、甲府などの大商人や富農、上級武士の隠居である。無論、遊郭や岡場所の主人もいた。

徳川幕府は人身売買を禁じているが、前渡し金による年季奉公という形式を踏めば、若い娘を売買することに問題はなかった。

その先兵となるのが、女衒と呼ばれる人買いの男たちである。彼らは全国を回って、見目麗しい幼女や娘を買い取り、それを遊郭などに転売して利益を得る。

その女衒の中でも、特に悪質な者を〈地獄人〉と呼んだ。〈地獄〉とは、最低最悪の売春宿の別称である。

甘言を弄して蝦夷地や佐渡ヶ島や薩摩の金山などの生きては帰れぬ遠国へ娘を売り飛ばす彼らは、金を出して買うだけではなく、もっとあくどく、人さらいまでやった。

誘拐した娘は己れが徹底的に犯し嬲り尽くし、魂の抜け殻のようにして逃げる気力を奪ってしまう。ただ、そうすると当然、娘は処女ではなくなるが、世の中には生娘の需要も結構、多いのだ。

特に、男性機能が衰えた老人などは、唐土の房中術の影響もあって、回春の妙薬として処女を珍重する。それゆえ、誘拐した処女ばかりを集めた秘密の市場が誕生した。

これが、箱根天女市だ。乾綱寺の住職も、地獄人の仲間なのである。

乗馬鞭を持った男が、天女市の進行係の与助。彼も、若いが腕利きの地獄人だった。彼の他に、数人の若い衆が本堂のあちこちに配置されている。

お菊は項垂れたまま、踏み台を使ってテーブルから降りて、若い衆に庫裡の方へ連れていかれる。それと入れ代わりに、純白の生絹の単衣を着た娘が連れてこられ、テーブルの上に立たされた。

「おおっ」

買い手たちが思わずどよめいたほど、その娘は美しかった。

中肉中背で、黒々とした髪を背中に垂らして、先端を結んである。ふっくらとした顔立ちで、眉が煙るように淡く、瞳は黒曜石をはめこんだようだ。肌は雪白で、唇は薄い。気品が香り立つようであった。

町人百姓の娘にも、武家娘にもない、何か不可思議な雰囲気がある。まさに天女だ。

「本日の…いえ、箱根天女市始まって以来の最上品でございます」

与助が、勿体ぶった口調で言う。

「京は賀茂川の水で洗い育てた、さるお公家のお姫様――名を桜子姫と申されます。御年十九。無論、手つかずの生娘に相違ありません。さあ、五十両から」

「六十両っ」

先ほど、二十五両でお菊を落札しそこねた町人が、間髪を入れずに扇子を立てた。

「八十五両っ」

別の町人が、興奮気味に言う。

「百両っ」

山岡頭市の老武士が、叫ぶように言った。

「ひゃ、百五十両っ」別の老武士が叫ぶ。

「手持ちの金では足りぬが……差額は明日、必ず支払う」

「それは掟破りでございますっ」

八十五両の値を付けた町人が抗議した。

「わたくしは即金で払いましょう、百五十両で」

「ぶ、無礼なっ」

「二百両！」

恰幅のよい、四十絡みの町人が叫ぶ。

「ええいっ、二百五十両じゃっ」

百両の値を付けた老武士が言う。

熱くなった競りに、与助は頬に浮かぶ会心の笑みを消すことができない。

「はい、二百五十と付きました。どなたか、三百はございませんか」

与助の煽りに応えて、四十絡みの町人が扇子を立てようとした、まさにその時
――突然、全ての蠟燭の火が消えた。

墨を流したような暗黒に包まれた本堂に、驚きと不安の叫びが交差する。

が、すぐに町人の一人が懐にあった火打ち石などを使い、手探りで探し当てた蠟燭に灯を点した。

「ああっ⁉」

明かりが復活するや否や、最前列にいた町人の一人が、悲鳴を上げた。

与助が、頭蓋骨を真っ向唐竹割りにされて、血の海の中に倒れていたからである。他の若い衆も全員、血まみれで倒れていた。

そして、テーブルの上の桜子姫は、影も形もなく消え失せていたのである。

三

「旦那……もう、あたし、足に力が入らなくて……」

お豊という女は、出雲京四郎の腕にすがりついて体重を預け、甘ったるい声で言う。

星空の下、二人の背後には、夜の芦ノ湖が黒々と蹲っている。

彼女は、京四郎が泊まった嵯峨野屋という旅籠の女中であった。箱根宿には、飯盛女という名目の娼婦はいない。その代わり、女中たちに声をかけておくと、大抵は後で部屋に忍びこんでくるというわけだ。

もっとも、お豊の場合は逆で、秀麗かつ男らしい顔立ちの京四郎に一目惚れした彼女が、大胆にも自分から誘ったのである。京四郎が相部屋だったため、やむなく旅籠を抜け出し、湖畔の草叢の中が二人の閨房となった。

出雲京四郎は二十三歳。浪人だが、垢じみたところは一切なく、灰緑色の地に鮫小紋の着流しという、こざっぱりとした恰好をしている。月代を伸ばし、右眉の上に、前髪が一房垂れていた。

長身で着痩せして見えるが、裸になると武術修業で鍛え抜いた肉体は、まるで軍馬のようであった。骨太で、分厚い筋肉に覆われている。

股間の道具も、その体軀に相応しい容積の大業物なのだ。名前の通り豊満な肉体のお豊は、たっぷり半刻――一時間も京四郎の分身に翻弄され掻きまわされて、汗にまみれて何度も何度も達してしまった。

そして、ようやく身繕いをし、煙草を一服して、旅籠へ戻るところなのである。

「明日…いえ、今日の夜明けにはお発ちでございますね」

標高七百二十五メートルの箱根宿は、真夏でも蚊帳要らずといわれるほど涼しい。下界では梅雨の合間の蒸し暑い夜だが、お豊の汗に濡れた髪は、いささか冷たさを感じるほどであった。

「うむ、そうだな」

大小を腰に落とした京四郎は、軽く頷いた。左手首には、水晶の数珠が二連に巻かれている。

「まさか、三島泊まりではありますまいね。三島の女郎衆は東海道の名物、男の人なら誰でも遊んでみたいもの。でも、他の女が、あんな羽化登仙の極楽を味わうなんて……」

ただ一夜の仲なのに、悔しそうにお豊は言う。箱根宿は相模国足柄下郡、箱根山を下って三島宿に入ると、そこは伊豆国君沢郡である。

ただでさえ評判の高い三島女郎であったが、八代将軍吉宗のおかげで、さらにその名声が高まっている。吉宗の倹約令のせいで、江戸の色町は息を潜めて通う場所になってしまった。その分、地方の悪所が賑わっているというわけだ。

「いや、私は伊豆には行かぬ」

京四郎は、あっさりと否定する。

「私が用があるのは関八州のみ。だから、東へ、小田原の方へ戻ることになろう。そうだな……箱根七湯でも巡ってみるか、それとも、大山参りでもしようか」

「ずいぶんと贅沢な旅ですのね。でも、関八州に用があるというのは？」

京四郎は、端整な横顔を見せたまま、

「ちと、探しものがな」

そう呟いた瞬間――左前方の松林の奥にある乾綱寺の本堂に明々と灯ってい

た灯りが、ふっと消えた。ややあって、少しだけ明るさが戻ったが、内部からただならぬ叫び声が上がる。

「何でしょう」

不安そうに、お豊が言う。

「しっ」

京四郎は、女の肩を抱いて、素早く灌木の陰に身を潜めた。夜の闇の奥を、何か白いものが宙を滑るように飛んでいく。

「……っ！」

悲鳴を上げようとしたお豊の口を片手で塞いだ京四郎の眼は、黒い影法師が二つ、湖の方へ走ってゆく姿を捉えた。白いものは、影法師が肩に担いでいる単衣姿の女と見えた。

何者かはわからぬが乾綱寺から拉致されてきたのだろう――と京四郎は察した。

ちちち……と囁くように鳴りながら、彼の左手首の水晶数珠が淡く発光する。

（あの女は、八犬女っ！）

京四郎は胸の中で叫んでいた。

影法師どもは、用意してあった小舟に乗りこむと、長い水竿を操って、さっと舟を出す。

「お豊、どこかで舟は借りられぬかっ」

「は、はい……すぐそこに、銀太って漁師の家がありますが」

「これで話をつけてくれ」

彼女の手の中に一枚の小判を落とすと、お豊は目を丸くした。

四

「ふうむ、向こうの漕ぎ手も達者なものだ」

漁師の銀太は、巧みに櫓を操りながら感心したように言う。袖無し半纏から突き出した二本の腕は、赤銅色に日焼けして松の幹のように逞しい。

「逃げられるようなことはあるまいな」

星明かりに相手の小舟を透かし見て、出雲京四郎が念を押した。

北西から南東へ瓢箪のような形で細長く伸びる芦ノ湖は、周囲が約二十キロ、面積が七平方キロという山上湖である。

「はっはは、安心しなせえ、お侍。この銀太は三つの時からこの芦ノ湖で舟に乗ってる筋金入りの漁師だ。滅多なことで、後れをとるもんじゃねえ」

酒臭い息を撒き散らしながら、三十代半ばの湖漁師は自慢する。

嵯峨野屋のお豊が叩き起こした時に、銀太は安酒を喰って大鼾をかいていたのだが、小判の顔を見ると眠気も酔いも吹っ飛んだようであった。

すぐに櫓をもち出し、岸辺の砂浜に置いてあった自分の漁舟に据え付ける。海でも川でも湖でも、盗難防止のために、舟の櫓は外しておくのが普通であった。

だからこそ、京四郎はお豊に交渉させたのである。そこらにある舟を彼が無断借用して湖に出たところで、よほど浅い沼ならともかく、最大水深が四十メートル以上の芦ノ湖では、竿だけでは何もできないのだ。

「頼むぞ。絶対に逃してはならぬ相手なのだ」

距離が開いているので、京四郎の左手首の数珠は、今は発光していない。出雲京四郎――儒学者・出雲修理之介の息子だが、実は、百二十年前に取り潰された安房里見家の重臣で金山奉行だった窪田志摩之介の末裔である。

里見家取り潰しの際、家老の正木大膳亮は霊夢のお告げを信じて、先祖代々貯えられた百万両相当の黄金を何処かに隠した。窪田志摩之介の子孫に、男根に八つの黒子がある子供が誕生した時が、里見家再興の時期なのである。

その八連黒子の男根をもつ男児こそ、他ならぬ出雲京四郎なのであった。

彼の誕生に続いて、子宮に宝珠を宿らせた女児が八人、誕生する。宝珠とは、戦国時代に里見家を救った八犬士がもっていた〈仁・義・礼・智・忠・信・孝・悌〉の文字の浮かんだ水晶珠のことだ。いわば、〈八犬女〉である。

年頃になった八犬女と八連黒子の京四郎が交われば、その体内から自然と宝珠が転がり出てくる。その宝珠が八個そろえば、百万両の黄金の隠し場所が判明するのだ。

それだけの資金があれば、幕閣の要人を買収して里見家を再興することができよう。そのために、ひたすら文武の道を究めんと精進してきた京四郎は、正木大膳亮の子孫である浅乃から女体攻略術を伝授され、色事の達人となったのである。

八犬女は、関八州のどこかにいる。京四郎より年下であること、何か犬に関係していること、秘部に黒子があること、まだ処女であること……そして、体内に宝珠を秘めた八犬女が近づけば、京四郎の左手首に巻いた水晶の数珠が感応し、発光して鳴り出すのだ。

乾綱寺よりさらわれたと思しき単衣姿の娘は、京四郎の数珠が発光鳴動したことからして、八犬女の一人に違いあるまい。乾綱とは、天道——天の法則のことだという。

京四郎は、すでに五個の宝珠を手に入れている。第一の八犬女・滝沢小百合の子宮から得た宝珠は〈孝〉。第二の八犬女・朱桃から得た宝珠の文字は〈義〉。第三の八犬女・蓮心尼の宝珠は〈信〉。そして、双子姉妹のお咲とお藤の宝珠は〈忠〉と〈智〉であった。

残りの宝珠は、三個。今、追跡している謎の影法師どもから女を救えば、六番目の宝珠が手に入るだろう。

油断がならぬのは、京四郎たち里見家の残党とは別に、宝珠を狙っている一味があることだ。奉魔衆という、奇っ怪な幻術師の集団である。

どうやって知ったものか、彼奴らも、宝珠の秘密を知っているのだ。ただ、京四郎の数珠のような決め手はもっていないらしい。

これまで京四郎は、金剛、呉公、酔胡従の三人を倒してきた。第六の八犬女をさらったのは、四人目の奉魔衆かも知れぬ……。

「——如何いたした」

京四郎は、怪訝な面持ちで銀太の方へ振り向いた。急に、櫓の音が止んだからである。

「へえ」

わざとらしく、湖漁師は太い指で耳の穴をくじりながら、

「そろそろ、代金をいただこうかと思いましてね」

「一両渡したはずだが」

「ありゃあ、手付けでございましょう」

顎に無精髭を生やした銀太は、にやりと嗤う。

「ねえ、お侍。俺だって、そう馬鹿にしたもんじゃねえ。あの乾綱寺で女衒どもが天女市とかいう生娘の競り市をやってるくらいのことは、ちゃんと知っている。さしずめ、あの舟の連中は商売敵か何かで、お前さんは女衒に雇われた用心棒ってところでしょう。天女市では、一晩に何百両という金が動くそうな。お前さんが顔色を変えて追っかけてるところを見ると、さらわれたのは余程の上物らしい。ここは一つ、十両と弾んでくれませんかね」

「……お前は悪党のようだな」

「おっと、抜くのかよっ」

素早く竿を手にして、銀太は身構えた。

「言っておくが、俺を斬ると難儀するぜ。この芦ノ湖は、波が荒いので有名なんだ。どうやら、風も出てきたようだから、そのうち、外海並みに荒れるぜ。素人のお前さんじゃあ、岸に辿り着けねえし、下手をすれば舟がひっくり返るだろうよ」

「わかった」

闇に溶けこみつつある小舟の影に目をやってから、京四郎は、小判を取り出した。口論している間に、影法師どもを見失ったら、何にもならない。

「こいつはどうも」

相好を崩した銀太は、人が変わったように精力的に櫓を漕ぎ出した。相手の舟影が、少しずつ近づいてくる。

「ほほう……奴らめ、箒ケ鼻の方に寄っていくな」

さすがに自分の漁場だけあって、銀太の視力は京四郎を凌いでいた。

「西の岸に近づいているのだな」

「へい。どうやら、箒ケ鼻と百貫の鼻の間の狢の窪に入るつもりらしい。あそこらは、大物が獲れる場所でね」

と、相手の舟の方から、何かが飛来する気配があった。

脇差を抜きつつ身を沈めながら、京四郎が銀太に警告を与えようとした時、人体に何かがくいこむ鈍い音がした。見ると、銀太の顔面と胸に、笹の葉のような形の手裏剣が突き刺さっている。

「ぐ……」

半開きの口から奇妙な呻き声を洩らして、朽ち木が倒れるように、銀太の軀は湖面に落ちた。勢いよく、白い水しぶきが上がる。芦ノ湖は透明度が高いが、夜だから、沈んだ人間の姿は見えない。

次に飛来した笹葉手裏剣を、京四郎は脇差の峰で弾き落とした。そして、艫の方へ移動して、櫓に手をかける。

一旦は水中に没した銀太が、湖面に浮かび上がってきた。が、拾い上げるような余裕はないし、どうせ、すでに息絶えているのだ。

次の攻撃は来なかった。京四郎は、用心しながら、左手だけで櫓を操る。

湖に突き出した岩場の向こうへ、敵の舟は入りこんだ。京四郎も、その後を追う。

湖面がうねり、舟の舳先が宙を舞う。さすがに、敵も手裏剣を打ってはこない。二つの岩場に挟まれて、弓形の入り江がある。これが銀太の言った狢の窪であろう。

京四郎は脇差を鞘に戻すと、立ち上がって両手で本格的に櫓を漕ぎ出した。闇の奥で、相手の櫓の音が止んだ。竿を使って、岸に着いたようだ。

相手の到着地点の北側を目指して、京四郎は漕ぐ。何かが舟の腹に当たった。大きな沈木だ。

京四郎は、櫓から竿に切り替えて、みずすましのように舟を滑らせる。すぐに、舳先が砂浜に乗り上げた。

周囲の気配を探ってから、京四郎は舟から降りた。砂浜に舟を引き上げる。

砂浜沿いに歩くと、半町ほど先に敵の小舟があった。

静かに近づいてみる。当然、舟の中は無人であった。星明かりで見える足跡は、林の方へ向かっていた。足跡の深さから、第六の八犬女を担いでいるとわかる。

京四郎も湖に背を向けて、林の方へ歩き出した。が、背後に水音を聞いて、さっと右斜め前へ跳ぶ。

その寸前まで彼がいた空間を、二本の笹葉手裏剣が通過した。

着地しながら、京四郎は大刀を抜き放って振り向いた。遠浅の湖から、焦茶色の忍び装束に身を包んだ小柄な人影が立ち上がっている。

影法師の一人は八犬女を担いで林へ向かい、もう一人は水の中に潜んで、京四郎を待ち伏せしていたのだ。

「奉魔衆かっ」

京四郎の問いに答えず、その覆面を被った忍び者は水面を蹴りながら、こちらへ向かって一直線に走ってきた。

京四郎は、大刀を右八双に構えた。濡れた衣服を着ているとは信じられぬ速さで、忍び者は砂浜に駆け上がる。そして、ぱっと跳躍した。

空中から笹葉手裏剣を打つのかと思ったが、そいつは斜めに跳んでいた。そして、小舟の縁を蹴ると、京四郎の前を横切るように跳ぶ。

きんっ、と鋭く鋼が鳴った。跳躍しながら抜いた忍び刀と、京四郎の大刀が嚙み合ったのだ。

砂浜に着地した忍び者は、逆手に握った忍び刀で、振り向きざまに京四郎の胴を薙ごうとした。だが、その右手から、刀が落ちる。

「……………っ!?」

声にならぬ呻きを洩らして、忍び者は横向きに倒れた。相手の刀を弾いた京四郎の大刀は、一転して、その背中を斜めに断ち割っていたのである。

背中の傷から溢れた鮮血が、砂浜に吸いこまれていく。京四郎は、血振して納刀すると、絶命した忍び者の前に片膝をついた。覆面を取る。

「やはり……そうか」

京四郎は唇を噛んだ。

骨肉を断ち割った時の感覚で予想はついていたが、いざたしかめてみると、胸が悪くなった。その忍び者は、若い娘だったのである。

五

ざわざわと木々の枝葉が鳴っている。

出雲京四郎は、わずかな月明かりだけを頼りに、風の中を芦ノ湖の湖岸から山伏峠へと登っていた。山道ではなく、獣道に残っている敵の足跡を追ってである。

もしも、忍び者が木から木へと跳び去っていたら、追跡は不可能であったろう。

しかし、若い娘の忍びとあっては、自分とほぼ同じ重さの人間を担いでの猿のような跳躍は難しいらしく、野生動物が踏み固めた道をゆくしかなかったようだ。

熊笹を掻きわけて進む京四郎の右手には、長さ四尺ばかりの若木を削った即製の杖が握られている。その枝の先で、地面を探るようにしていた京四郎の右手に、釣りでいうところの当たりのような感触があった。

「むっ」

さっと京四郎が身を引くのと、何かが空を裂く音がするのが、ほぼ同時であった。

罠であった。数本の熊笹の稈を縛り合わせた先端、ちょうど人間の腰の高さに、例の笹葉手裏剣が結びつけてある。稈を弓形にたわめて、近くの檜の大木の幹に刺した鉤に引っかけ、その鉤に黒糸を結んであったのだろう。

知らずに歩いている者が、その黒糸に引っかかると、鉤が檜の幹から抜けて、熊笹の稈が元に戻る反動で手裏剣が腰に突き刺さるというわけだ。深夜の林の中で、しかも黒糸である。杖を突いていなかったら、京四郎といえども危ないところであった。

だが、手間をかけた割には致命傷を負わせる仕掛けではない――と京四郎が訝った時、頭上で何か音がした。

「っ！」

振り仰ぐと、忍び刀を諸手突きに構えた女忍が、京四郎めがけて落下してくるのが見えた。熊笹の罠は、足止めのためだったのだ。避ける間もない。

京四郎は、咄嗟に右手の杖を突き上げた。忍び刀の切っ先が、がっと杖の先端を割り裂いた。一尺ほど奥まで深々とくいこむ。

女忍の軀が一瞬、空中に停止した。その機を逃さず、京四郎は左手でも杖をつかむと、杖を振り下ろして、女忍を地面に叩きつけようとする。

忍び刀の柄から両手を放し、女忍は跳躍して逃れようとした。が、軀の態勢が崩れて、右肩から地面に落ちてしまう。

それでも、横へ一回転して上体を起こすと、笹葉手裏剣を打とうとした。その右手首を、京四郎の杖が打ち据える。

「ちっ」

右手の手裏剣を取り落とした女忍は、左手で地面のそれを拾おうとした。その鳩尾を、杖の先端がしたたかに突く。

「ぐ……」

さすがの忍び者も、武芸の達人に急所を一撃されてはひとたまりもない。糸の切れた操り人形のように、その場に倒れこむ。

京四郎は、忍び刀の下緒で、気絶している女忍を後ろ手に縛った。それから、彼女の懐の持ち物を調べる。その中にあった細紐で、両手の親指と親指を縛りつける。こうすれば、いかに縄抜けの名人であっても、自由になることは難しい。

覆面を剝いだ。まだ十代後半と見える娘であった。髪を後頭部でひとまとめに縛り、背中に垂らしている。健康的で、可愛らしい顔立ちをしていた。

意識を失って殺気の消えている今は、普通の町娘と変わらぬようにさえ見える。手拭いで猿轡をして、意識が戻っても舌を噛んで自殺できないようにした。

そして、周囲の繁みの中を捜したが、さらわれた娘の姿はなかった。左手首の水晶数珠にも、何の反応もない。

この辺りで仲間が待っていて、女忍は第六の八犬女を引き渡し、自分は追跡者である京四郎を始末するために残ったと考えるのが妥当であろう。朋輩の仇討ちという理由もあったかも知れない。

「さて――」

娘忍びのところへ戻って、その顔を眺めながら、京四郎はしばらくの間、考えこんだ。期待はしていなかったが、やはり、持ち物の中に地図のようなものはなかった。

時間が惜しい。少しでも早く、八犬女の行方を知らねばならぬ。

溜息をついた京四郎は、女忍の軀を軽々と左肩に担ぎ上げた。右手に忍び刀と杖をもって、林の中を進む。

しばらく歩くと、柔らかい下生えに覆われた五坪ほどの空間が見つかった。

京四郎は、女忍をそこへ俯せに下ろした。忍び袴の帯を解いて、膝下まで下ろす。細い白の女下帯を締めていた。

それを剝ぎ取って、引き締まった少年のような臀を剝き出しにする。それから、両膝を立てて、胡座をかかせる。

これで、この女忍は頭と両膝の三点だけで軀を支える格好になったわけだ。江戸は大伝馬町の牢屋敷で、牢役人たちが女囚を弄ぶために考案したと伝えられる〈座禅転がし〉であった。

白い臀の双丘が開いて、女性器のみならず、若い娘の最大の羞恥の場所である背後の排泄孔まで、完全に露出している。月明かりで見ると、花園は朱色で、後門は茶色っぽい。秘毛は逆三角形に生えて、豊饒であった。

女忍の背後に片膝立ちになった京四郎は、大刀を帯から抜いて、左脇に置いた。

そして、着物の前を開き、下帯の脇から、黒ずんだ肉塊をつかみ出す。

その逸物は、まだ休止状態だというのに、普通の男の勃起時と同じくらいのサイズであった。先ほどお豊の中に注いだにもかかわらず、擦り立てると、すぐに猛々しく屹立した。

凶暴なほどの形状をした、茄子色の巨砲である。しかも、石のように硬い。

京四郎は、女の握り拳ほどもある先端部を、花園の亀裂に擦りつけた。包皮の中に隠れている肉の真珠や、花園と後門の間の会陰部も刺激してやる。

その前戯によって、合掌しているように閉じていた一対の花弁が、充血して左右に開き、その内部から透明な花蜜が溢れてきた。彼女の臀の肉を両手で鷲づかみにすると、京四郎は沈痛な面持ちで、ぐっと腰を進める。

神聖な肉扉を引き裂く感触があった。この娘は処女だったのだ。

「――っ!?」

生涯にただ一度の激痛に、さすがに女忍は覚醒した。しかし、その絶叫は、猿轡に阻まれて、くぐもったものになる。

全身から脂汗を噴き出していた。自分がどんな状況に置かれているかを知って、絶望的な表情になる。

巨砲の先端が奥の院に達したので、京四郎は腰を停止させた。まだ、茎部の三分の一ほどが外に残っている。痛みを感じるほどの強烈な肉壺の締め具合だ。

京四郎は、女忍の猿轡をわずかに緩めてやってから、問うた。

「お前たちは奉魔衆か」

「……」

苦痛に耐えながら、女忍は無言であった。京四郎は、ずん……と一突きする。

女忍は悲鳴を上げた。

「や、やめろ……死んでしまう……」

弱々しい声であった。

「私は本来、このような遣り方で女人を拷問するのは好まぬ。だが、今は非常の時でな。お前が素直に答えなければ、私は鬼になる覚悟だ」

結合部を痛ましげに見下ろしながら、京四郎は言う。

「もう一度、訊く。お前たちは何者だ」

「……秘女影」

「秘女影だと？」

「紫乃部様をお守りするのが、我らの役目……あたしは秘女影の星菜」

悔しそうに、星菜は言う。

「その紫乃部というのは何者か」

答えがなかったので、京四郎は力強く突きを入れた。

「ひいっ」星菜は太腿を痙攣させる。

「お願い…もう堪忍して……言いますから……」

呼吸を整えてから、星菜は諦めたような口調で、

「天にも地にもただお一人、紫乃部様は痲夜流女人能の後継者です」

六

すでに初夏の夜は明けかかっていた。

箱根の山奥である。谷間の底は、水色の薄闇に包まれているが、十戸ほどの藁屋根の家が見えた。村の中央の広場には、石造りの祭壇がある。

そして、村の周囲には、赤い布をまとった案山子が無数に立っていた。

「あの案山子は何だ」

「久延毘古様。あたしらの村を守ってくださっているのです」

痲夜流女人能集団の村を見下ろす繁みの中で、秘女影の星菜は京四郎に寄り添いながら、甘えたような声音で囁く。彼の横顔を見つめる瞳は、熱っぽく潤んで

いた。

久延毘古は、『古事記』によれば、大国主に少名毘古那の素性を教えた智恵ある神の名で、案山子はその神の姿を模したものだといわれている。

一刻半ほど前——京四郎に座禅転がしで無慈悲に犯されているうちに、苦痛がその限界点を超えて、星菜は被虐の悦びに目覚めたのである。

もともと、忍び者として鍛え抜かれた星菜であるから、苦痛への耐久力は常人よりも高い。それが逆に、マゾヒストとしての覚醒に繋がったのであろう。

「い、痛い……痛いけど、いいの……犯して、もっと激しく抉ってくださいっ」

紫紺色の剛根に貫かれた花壺の奥から、熱い愛汁を大量に分泌しながら、星菜は猿轡の奥からそう哀願した。その言葉に嘘がないことを、京四郎は、男根を締めつける肉襞の反応から読み取った。

だから、彼は、星菜の縛めを解いて胡座をかかせた両足も自由にしてやると、挿入したまま、ぐるりと軀を反転させてやる。その時は花壺の内部がねじれたようになって、一風変わった味わいとなった。

胡座をかいた京四郎は、星菜を膝の上に跨がらせて対面座位の形をとった。そして、彼女の上衣や肌着も脱がせて裸にする。

星菜が身につけているものが忍び足袋だけになったが、完全な裸よりも色っぽい。胸筋が発達しているので、乳房は小さめだ。

「あふ、あふ……ご主人様ァ……あたし……ご主人様の下僕になります……肉奴隷になります」

星菜は男の首に両腕を絡ませ、真下から突き上げられて目を閉じて喘ぐ。

「星菜は、ご主人様の逞しいものをぶちこまれて、手荒く犯されるために、この世に生まれてきましたァ……この淫らな娘を、血まみれになるまで、もっと、もっと滅茶苦茶にしてぇ」

「こうか」

京四郎が逞しく突き上げると、星菜は白い喉を見せて仰けぞった。秘術を尽くして、京四郎は女忍を絶頂に導き、その新鮮な果肉の奥に白濁した聖液を放出する。

ぐったりとして余韻を味わっていた星菜は、男の膝から降りると、

「ご主人様、ご奉仕させていただきます」

蹲って自分から衰えぬ男根を咥えた。聖液と愛汁と破華の血でどろどろになっている肉塊を、献身的に唇と舌で浄める。

京四郎は、その感触を愉しみながら、彼女の裸の臀に手を伸ばして、柔らかく

揉んだ懐紙で秘部を拭ってやった。

その優しさに感激した星菜は、彼の玉袋や後門にまで舌を這わせようとする。

もう一度、抱いてもらいたいのだ。

「私は、さらわれた娘を是が非でも取りもどさねばならぬのだ。星菜よ、あとで足腰が立たなくなるまで、たっぷりと可愛がってやる。さあ、参るぞ」

こうして、京四郎は星菜の案内で女人能の隠れ里へやってきたのだった……。

「あの村で、桜子姫が生贄にされるのか」

大陸から伝来した芸能を祖としながら、平安時代中期の日本で成立した舞楽が、猿楽である。その猿楽の中から発展し、室町時代に観阿弥・世阿弥の父子によって大成したのが、能であった。

戦国時代から江戸時代へと時が流れるうちに、能は武家や公家という権力者の芸能となった。これに対して、庶民が楽しむために生まれたのが歌舞伎である。

だから、武士が芝居見物をすることは、表向き許されていなかったし、それでも見物したい時には、頭巾などを用いて顔を隠すのが普通だった。

武家・公家のための能、百姓・職人・商人という庶民のための歌舞伎――この二つの芸能には、共通点がある。どちらも、演者は男子のみなのだ。

かつては女猿楽師や白拍子が存在したし、歌舞伎も出雲の阿国が始祖であるのに、長い年月の間に、女は能と歌舞伎の表舞台から駆逐されてしまったのだ。

だがしかし――宝生・観世・金剛・金春・喜多の五流に対して、東北の黒川能など地方の神事能があるように、男の能に対する女の能が戦国時代に誕生していたのである。それが、痲夜流女人能であった。

女人能もまた五穀豊穣を神に祈る芸能ではあったが、それが正史から抹殺された理由はただ一つ、人間を生贄にする儀式を行なうからであった。

しかし、人柱によって災害を防ごうとするのと同じように、戦乱と飢饉の時代において、切羽詰まった百姓たちが生贄の血を捧げて大地母神に豊穣を願うことは、さほど異常とはいえない。

それゆえ、支配階級の弾圧にもめげずに、女人能は地下に潜って秘密宗教的な色を濃くしながら、この江戸時代にまで百姓たちの間で生きながらえてきたのであった。

その女だけの芸能集団の長は代々、〈紫乃部〉を名乗っている。そして、この人知れぬ山奥に村を作り、美しい幼女をさらってきては、芸に素質のある者は演者として育て、武芸に素質のある者は秘女影として訓練したのだという。

十八歳の星菜もまた、父母の名も言えぬほど幼い頃に拉致されて、この村で育てられ、秘女影の一員となったのだ。京四郎が斬った秘女影は加賀壬といい、星菜と同い年だったそうだ。

星菜が異常なほど京四郎を慕うのは、暴力的に処女を奪われたとはいえ初めての男だからという理由もあるだろう。だが、それ以上に、生まれて初めて自分の意志で主を決めることによって、人間らしい感情を取り戻したのではないか……。

近年、旱魃や大雨、虫害などによって、全国の百姓たちは大打撃を受けていた。隠れ信者たちの要請を受けて、紫乃部は、天候の安定と豊作を祈願する〈鬼踏みの舞〉を行なうことになった。

その儀式の生贄に選ばれたのが、五代院家の姫・桜子だったのである。まだ男を識らぬ清浄にして気品溢れる美姫こそ、女人能の生贄に相応しいのだ。

「しかし……女衒と申す者どもは、買い取ったりさらったりした娘は、売り飛ばす前に必ず味見と称して凌辱すると聞いたが」

「仰せの通り、逃亡を諦めさせるために女衒は買った娘を嬲り抜くとか。なれど、天女市に出す娘だけは、売り物としての価値を減ぜぬために、手つかずでおいておくそうです。そのかわり、指を折れる直前まで捻ったり、爪の間に針を突き刺したりという軀に傷の残らぬ方法で痛めつけて、徹底的に恐怖を植えつけるのだと聞きました。そうすると、買われた先でも従順なので、評判がよろしいとか」

「ふうむ……」

京四郎は、秘女影の星菜を無理矢理に犯して味方につけた自分も、女衒とたいした相違はないな――と胸の中で苦笑した。

星菜の先導によって、京四郎は、山の斜面を慎重に下りて、女人能の村に近づく。生贄となる第六の八犬女・五代院桜子は、紫乃部の家の脇の小屋に監禁されているはずだという。

京四郎たちが村の裏手に回ろうとした時、突然、村中から鈴音が湧き起こった。家々から、十五個の鈴をつけた棒を振りながら、唐織を着た老若の女たちが出てくる。全部で四十人ほどだ。

そして、最も大きい家、つまり長の屋敷から、長絹に緋大口という姿の美女が出てきた。

「あれが紫乃部様ですっ」

星菜が小声で教える。鼻筋が高く眦が吊り上がり、美しいが高慢そうな容貌だ。

その紫乃部の後ろから、純白の単衣姿の娘が出てきた。虜にされているのに、美貌と気品と優雅さを失っていない。五代院桜子だ。星菜と同じ忍び装束の女が、その細い首筋に肉厚の山刀をあてがっている。

紫乃部がさっと両手を上げると、鈴の音が一斉に止んだ。紫乃部は、ゆっくりと村の周囲を見回して、京四郎たちが隠れている草叢に目線を据えると、

「加賀壬を倒し星菜を誑かして、桜子姫を追ってきた男よ。聞こえるであろう。姫は、この通りの有様じゃ」

京四郎と星菜は、はっとして周囲に視線を走らせた。草木に擬態していた三人の秘女影が素早く身を起こし、笹葉手裏剣を構える。

「おとなしく刀を捨てて出てくればよし。さもなくば、姫の細首が真っ赤な血汐を噴くことになるぞ……どうじゃ！」

七

「ほう……これは立派な道具じゃ。何やら惜しいような」

出雲京四郎の下腹部に目をやった紫乃部は、にんまりと笑みを浮かべる。

陽は沈んで、夜になっていた。広場のあちこちには、篝火が置かれている。

住民たちは皆、広場に集まっていた。

祭壇の上の石の寝台に、鬼神である韒の面を被せられた京四郎が、大の字に寝かされていた。裸体である。

面以外に身につけているのは、左手首の水晶数珠だけだ。その左手首も、右手首も、そして両足首も、四本の杭に縛りつけられている。

塗りこめられた媚薬のせいで、己れの意志とは無関係に、男根がはち切れそうに膨張していた。

刀を捨てて捕らえられた京四郎は、今から、五代院桜子ともども鬼踏みの舞の生贄として殺されようとしているのだ。紫乃部が、里から適当な男をさらってこようと考えていた矢先、都合よく京四郎が自分からやってきたというわけだ。

仲間を裏切った星菜は、袋叩きにされて、小屋に閉じこめられている。舞が済んだ後に、一寸刻みに嬲り殺しにされるのだろう。

祭壇の前には、これも全裸の桜子姫が後ろ手に縛られて立たされている。

骨細の繊細な軀つきで、乳房も臀も小さく、秘部の翳りは無毛に近いほど淡く薄い。肌は雪をもあざむく白さで、静脈が透けて見える。

これから命を奪われるというのに、その麗貌には、何の表情も浮かんでいなかった。地獄人にあまりにも酷い精神的な虐待を受けたために、感情がほとんど死んでしまったのかも知れない。

舞が始まった。舞台など使わずに、地面で演じるのだ。

大鼓、小鼓、笛の音の流れる中、紫乃部は直面で、赤頭に般若の面を被った鬼女を、水につけた笹で打ち据える。

やがて、鬼女は祭壇の方へ逃げ出した。そして、自分の面を外して、桜子の顔につける。

背後にいる二人の後見が、桜子を祭壇に上がらせた。京四郎の腰を跨がせる。

斜め下から見上げると、その秘部にも媚薬が塗りこめられているらしく、充血して花弁が膨れ上がり、溢れた愛汁が内腿を流れ落ちていた。

後見どもが、十九歳の桜子をしゃがませて、排泄に似た姿勢をとらせる。

そして、一人が京四郎の巨砲を両手で支えて、真上を向かせた。もう一人が、桜子の腰の位置を調整し、花孔に巨砲の先端をあてがった。

その作業に熱中しているため、京四郎の左手首の数珠が発光しているのにも、二人は気づかない。

後見が、桜子の腰を押し下げる。

「ああっ……!!」

巨大すぎる侵入者に未踏の聖地を蹂躙(じゅうりん)されて、さすがに、桜子姫は悲鳴を上げた。傷ついた花壺が、京四郎の分身を締めつける。その時には、数珠の光は消えていた。

後見どもは、そのまま桜子の軀を前に倒して、京四郎の上に重ねた。小さな乳房が、男の分厚い胸に密着して、潰れる。

紫乃部が祭壇に上がってきた。その手には、笹ではなく両刃(もろは)の剣(つるぎ)が握られている。二人が合体した状態で、刺し貫こうというのだ。鬼と鬼女の交合を成敗(せいばい)し、その血が大地に流れることによって、大地母神を讃(たた)えるのである。

「桜子姫……」

京四郎は囁きかけたが、桜子は呻くのみであった。

先ほどから、京四郎は密(ひそ)かに縄の強度を測(はか)っていた。紫乃部が剣を振り下ろす時が、唯一の好機(チャンス)である。全身の筋肉を動員して縄を引き千切り、剣を奪って逆襲するのだ。縄が切れるかどうか、確率は五分五分だ。

二人の前に立った紫乃部が、剣を振り上げた。京四郎が縄を引き千切ろうとした、その瞬間──急に村の中が明るくなった。

「あっ、火事だ！」

「紫乃部様の屋敷が燃えているっ」

誰かが叫んだ。

「何とっ」

紫乃部は身を翻して、祭壇から下りてしまう。京四郎の逆襲の企ては、失敗したのである。

屋敷の藁葺き屋根から勢いよく黒煙と炎が上がっていた。さすがに舞どころではなくなり、皆があわてふためいて消火にあたる。後見の二人も、火事場へ走った。

「むむ……」

こめかみの血管が破裂するのではないかと思えるほど、京四郎は力を入れたが、縄は切れない。少し緩んだだけだ。

と、祭壇に駆け寄る人影があった。星菜だ。京四郎の衣服と大小、それに女物の衣服を手にしている。

「京四郎様っ」

顔面が傷だらけの星菜は、笹葉手裏剣の刃で右手首の縄を切った。その手に手裏剣を握らせると、自分は、もう一本の手裏剣で、桜子姫の縄を切る。

京四郎は、素早く左手首と両足の縄を切りながら、

「屋敷に火を放ったのは、お前かっ」

「いえ、あれは……」

何かを説明しようとした星菜が、不意に、硬直したようになった。前のめりに倒れる。その背中に、四本の手裏剣が突き刺さっていた。

「星菜っ！」

京四郎は悲痛な声で叫ぶ。

手裏剣を引き抜くと、京四郎は大刀を手にして全裸のまま立ち上がった。広場へ戻ってきた六人の秘女影が、彼に向かって手裏剣を打つ。京四郎はそれらを大刀の峰で弾き落として、祭壇から飛び降りた。

憤怒(ふんぬ)の形相(ぎょうそう)で正面の秘女影に駆け寄り、袈裟懸(けさが)けに斬り倒す。相手が女であっても、容赦(ようしゃ)できぬ。その秘女影が倒れ伏す前に、さらに二人を斬っていた。

彼の腕前を知って、残った三人に動揺が走る。が、京四郎は容赦なく、その三

人も血祭りに上げた。星菜の仇討ちであった。

「出雲京四郎っ！」

背後から声がかかった。振り向くと、紫乃部が両刃の剣を手にして立っている。篝火と火事の照り返しで、その顔はさながら悪鬼のようであった。

「我らの神聖な舞を瀆(けが)した罪は、七度(たび)生まれ変わっても償(つぐな)えぬほど重いぞ」

「……外道(げどう)め！」

京四郎は一呼吸で間合(まあい)を詰めると、大上段から振り下ろす。紫乃部は、反射的に剣で受け止めようとした。

その剣を断った大刀・村雨丸(むらさめまる)は、紫乃部の頭の天辺(てっぺん)から股間まで、縦一文字に斬り割った。驚愕(きょうがく)の表情を凍りつかせたまま、女人能の長(おさ)の肉体は、右と左に倒れる。血と内臓が、地面に落ちて跳ねた。

それを見た住民たちは、消火も忘れて山の方へ我先に逃げ出す。広場で生きている者は、京四郎と桜子だけになった。

手早く身繕いをした京四郎は、放心しているような桜子にも、衣服を着せる。寝台に転がっていた第六の宝珠は、〈礼〉であった。

まだ温(ぬく)もりのある星菜の頬に触(ふ)れて、その冥福(めいふく)を祈る。

（紫乃部の屋敷に火を放ったのは誰なのだ……星菜の他に味方がいたというのか……わからぬ）

とにかく、早くここから立ち去り、桜子姫を安全な場所に送り届けねばならない。考えるのは、後だ。京四郎は桜子の手を取った。

「さあ、参りましょう。桜子姫。私は、出雲京四郎と申す浪人者。京へ無事に帰れるように、手筈を整えますゆえ」

その言葉を聞いて、初めて公家の姫の顔に人間らしい感情が表れた。

「わ…私は京には帰れぬ……帰りとうない。今更、どのような顔で屋敷へ戻れましょうか……」

京で地獄人にさらわれ、執拗な虐待を受けて競り市に立たされ、そこからまた誘拐されて、邪教の生贄として京四郎と無理矢理に媾合させられる。そして今また、眼前で凄まじい殺戮が展開されたのだから、永遠の凪のような公家社会で育った桜子姫にとっては、七度地獄へ突き落とされたに等しいほどの強烈な体験であろう。

「わかりました」京四郎は言う。

「では、落ち着いてご静養できる場所に私がお送りします。信州の宙大寺です」

「軀が…足が震えて……」

姫は、すくんで身動きできないようであった。

京四郎は周囲に気を配りながら、人形のように繊細な桜子姫をそっと抱きしめると、その花のような唇に接吻する。深く舌を使った。戸惑っていた姫であったが、女としての本能が目覚めたのか、すぐに熱っぽく舌を絡めてくる。

(媾合の後に口吸いとは……順序が逆になったな)

だが、その濃厚な接吻によって緊張がほぐれ、硬直していた姫の四肢に血が巡り始めたようだ。頬にも血が昇ったのがわかる。

「参りましょうか」

唇を離した京四郎が、もう一度そう言うと、瞳を情熱的に濡らした桜子姫は、無言で頷いた。

火事は今や、紫乃部の屋敷から他の家にも燃え広がっている。

百数十年に及ぶ血の祭儀の罪を焼き尽くすような紅蓮の炎に背を向けて、出雲京四郎と五代院桜子は、夜の闇の奥へと消えていった。

第二章　迦楼羅

一

「ふん……何度来ても気味が悪いのう」

そう呟いたのは、着流しに薄手の羽織というこざっぱりした恰好の浪人者であった。四十絡みで、無精髭も伸ばしておらず、総髪を結い、血色もよかった。

京の都――建仁寺の東南にある大椿山六道珍皇寺の門前の十字路は、〈六道の辻〉と呼ばれて、現世と冥界の接点になっていると信じられていた。

その境内の篁堂には、生者の身で自由に地獄へ行き来し、閻魔大王とも、昵懇だったという歌人の小野篁が祀ってある。また、この寺の鐘の音は、十万億土まで響き渡るという……。

その珍皇寺の裏手に、荒れ果てた建物があった。

元は染物屋の大店の寮であったが、贅沢が過ぎて将軍吉宗の倹約令に触れ、財産没収となった。それに悲観した主人は、ここで首吊り自殺をしてしまった。そのため売却することもできず、住む人もなく、家も庭も荒れ放題となり、誰が言うともなく魍魎屋敷と呼ばれているのだ。

提灯を頼りに、雑草の生い繁った庭を通り抜けた浪人者は、母屋の縁側に腰を下ろした。

元文三年、陰暦五月中旬——ひどく蒸し暑い夜であった。

草叢の中に犬か猫の死骸でもあるのか、蒸れたような空気の中に、屍臭のようなにおいすら漂っている。浪人者は、ぴしゃりっと音高く、腕にとまった蚊を叩き潰して、

「風がなくて暑いのも苦労だが、蚊が多いのがやりきれんなあ」

刺されたところを、自棄のように乱暴に掻きむしる。

「——蚊が寄ってくるのは、まだ生きているという証じゃ」

いきなり、廃屋の中から声がした。

「死んだ後にたかるのは蠅ばかりですぞ、奥利雁八殿」

雁八と呼ばれた浪人者は弾かれたように立ち上がって振り向くと、気味悪そう

に建物の中の闇を覗きこむ。

「崑崙よ、驚かすでない。顔を見せろ」

ははは、と乾いた笑い声が闇の奥から聞こえる。そして、闇の表に波紋を立てて奇っ怪な面が浮かび上がった。

「これで、よろしいか」

せり出した額の下、深く窪んだ眼窩の奥で、かっと見開かれた両眼、広がった鼻翼、牙を剝き出しにした大きな口、そして、角と見間違うばかりに垂直に立つ尖った耳、有髪鬼形の崑崙という伎楽面である。提灯の光で見えるのは面だけで、軀は闇に溶けこんでいた。

この崑崙こそ、前の京都所司代・牧田河内守秀茂に雇われている幻術者集団〈奉魔衆〉の首領なのである。

「全くもって……」

不気味な奴、と言いかけて、さすがに雁八は言葉を呑んだ。

「早く……早く取引を済まそうではないか」

「して――今宵は、里見家遺臣団のどのような秘密をお話しくださいますのかな」

「うむ」

余裕を取り戻した雁八は、にたりと嗤いを浮かべて、

「そうさな。伏姫の数珠——という題目はどうだ」

今から百二十年前、房総の名門・安房里見家十二万二千石が徳川幕府によって事実上、取り潰された。大久保忠隣改易の側杖をくったのであった。第十代藩主・里見忠義は元和八年、配流先の伯耆国・田中で死亡。自害であったともいわれる。

こうして里見家は途絶えたかに見えたが、その遺臣たちは、再興の時を待ち続けていた。実は、取り潰しの際に、家老・正木大膳亮は役行者の化身と思われる老人の霊夢を見て、里見家が代々貯えてきた百万両相当の黄金を人知れず埋蔵せよ——と告げられていた。

その隠し場所の手がかりは一切、残してはならない。再興の時節が到来すれば、金山奉行・窪田志摩之介の子孫に、男根に八連黒子をもつ男児が生まれる。その成長した男児が、〈仁・義・礼・智・忠・信・孝・悌〉の宝珠を体内に秘めた乙女たち——すなわち八犬女と交わる時、黄金の在処は判明するというのだ。

遺臣の子孫たちは密かに情報網を築き、その日を待ち続けた。そして、今は儒学者・出雲修理之介と名乗っている志摩之介の子孫に、待望の八連黒子の男児が

誕生したのである。彼の名は、出雲京四郎という。

二十三歳になった京四郎は、奉魔衆と闘いながらも、八個の宝珠のうち六個までも集めることに成功していた。残りは、〈仁〉と〈悌〉の二個だけである。

しかし、牧田河内守は、いかにして里見家遺臣だけの秘密であるはずの黄金の件を知り得たのであろうか。

裏切り者がいたのだ、出雲京四郎の八犬女探しを応援するための里見家遺臣団の中に。その裏切り者こそ――他でもない、奥利雁八なのである。

二

昨年末、汚職の発覚により京都所司代を罷免された河内守に、雁八が「御前が幕府の要職に返り咲ける方法がございます」と売りこんだのだ。

たしかに、慢性的な財政危機に陥っている幕府に、百万両の黄金を献上すれば、復職どころか出世は思いのままであろう。

そして雁八は、里見家の黄金に関する情報を小出しにして、その度に、十両二十両という礼金を受け取っていたのだった。

奥利雁八にとっては、埋蔵金の話が真実だろうが偽りだろうが、関係はない。牧田河内守から与えられた金で面白おかしく暮らすことが、最も重要なのである。

「数珠……たしかに、出雲京四郎めは左手首に常に水晶の数珠をかけているが……」

「そうよ、それが伏姫の数珠」

雁八は身を乗り出す。

戦国の世に、里見家が滅亡寸前になった時、八房という巨犬が敵の大将・安西景連の首を獲ってきた。その褒美となったのが、里見義実の娘・伏姫である。

伏姫は、役行者に授けられた一対の水晶数珠を、母の五十子とともにもっていた。八房の妻となって富山の奥深くへ入る前に、伏姫は、己れの数珠を形見として、母の数珠と交換していたのである。

そして、八房の愛気を受けた伏姫は処女懐胎してしまった。それを恥じた姫が自害した時、体内より湧き出でた白気が数珠を空中高く押し上げ、遥か時空の彼方に吹き飛ばした。

この数珠――宝珠を握って生まれ出でたのが里見八犬士である。八犬士の活躍により、里見家は房総半島に盤石の地位を得たのであった。

「そして、な」と雁八は言う。

「五十子がもっていた伏姫の数珠は今、京四郎の左手首にかかっておる。その数珠こそ、八犬女を見つけ出す奥の手なのだ」

「奥の手というと……」

「つまり」

雁八は右手を開いて突き出した。その掌に、闇の中から、ちゃりんちゃりんと鳴りながら十枚の小判が落ちる。

「少ないっ」

右手を引いて、左手を突き出すと、その掌にも十枚の小判が落ちる。

「二十両か……まあ、よかろう」

雁八は小判を懐にしまってから、

「つまりだ。その体内に宝珠を秘めた八犬女が近づいた時、伏姫の数珠は、宝珠に感応して発光し鳴るのだそうだ。どうだ、凄い秘密だろう」

「なるほど……我らが、犬にかかわりがあり秘部に黒子のある乙女を引っさらい、その腹を幾ら引き裂いても宝珠が見つからぬのに、何故、京四郎めがそれをやってのけるのかと不思議に思っていたが……そういう絡繰りであったか」

「そういうことだ。まあ、頑張って宝珠をそろえるのだな。この金がなくなったら、また逢おう」

小判の重みで上機嫌になった雁八が、そう言った時、

「雁八、聞いたぞっ！」

雑草の海の中から、突如、三人の浪人者が飛び出した。蚊の喰い痕だらけの三つの顔は、よほど前から、そこに潜んでいたことを物語る。

奥利雁八は、あっと叫んで蒼白になった。

「この不忠者、よくも主家を…我らの団結を裏切ったなっ」

「真木…辺見、和田……待ってくれ。それは誤解というものだ」

「黙れっ」

真木信光は、大刀を抜き放った。他の二人も抜刀する。六日月の光を浴びて、刃が青く光った。

「外道め、その忍び者とともに成敗してくれるわっ」

「思い知れっ」

そう叫んだ三人は、一斉に斬りかかった。奥利雁八は己れの大刀を抜こうとしたが、脂汗で手が滑って、抜きそこなう。その顔面に、首に、胸に、怒りの刃

がくいこんだ。

三人は彼を文字通り、膾斬りに斬り刻んだ。そして、返り血を浴びた悽愴な姿で、崑崙の面を睨みつける。

「出てこいっ」

「往生際が悪いぞ、潔く勝負せいっ」

すると、崑崙の面が小首を傾げて、

「さても、乱暴な方々よな。のう、呉女よ」

「――はい、崑崙様」

ぬるり、と闇の中からもう一つ、古びた木の面が出現した。大きな稚児輪に結った美女の面である。

「お三方の相手をしてやりなさい」

「承知いたしました」

するすると呉女の面は縁側に出てくると、音もなく地面に下りて、その場に蹲った。面より下には黒衣をまとっている。

「嬲るかっ」

「女ごときが我らと闘うというのか」

「ほほほ、ほ」呉女は艶(あで)やかな笑い声を立てる。

「闘う必要などありませぬ。お三方とも、もう死んだも同じ」

「何だとっ!?」

激怒した真木たちが、血刀を振りかぶった瞬間、

「〜〜〜〜っ!!」

三人の物凄い絶叫が、魍魎屋敷に響き渡った。

四半刻(しはんとき)ほど後——五人の武士が、廃屋の庭に足を踏み入れた。五人とも深編笠(ふかあみがさ)を被(かぶ)り、羽織に括袴(くくりばかま)という旅装である。

「遅かったか……」

「もう少し早く、この場所がわかっておれば……」

三人の里見家遺臣の末裔(まつえい)の死骸を見て、武士たちは無念の唸(うな)りを洩(も)らす。

「それにしても……この三人、全身血まみれだが、どんな得物(えもの)で殺(や)られたものか」

「刀でないことはたしかだが……先生、どう思われますか」

「——そうだな」

先生と呼ばれた年嵩の武士が、月光に照らし出された無惨な死体を見据えて、

「ごく細い棒手裏剣のようなもので、体中を刺し貫かれたのだろうが……何か妙だのう」

不審そうに眉根をよせる。その口調には、かすかに尾張訛りがあった。

三

「あっ、あああっ……京四郎様、そこは…もう……ひっ」

女が揺れている。

女は、折り畳んだ座布団に左の頬を押しつけ、細い両腕で座布団をかき抱き、汗まみれで牝犬の姿勢をとっている。小袖の裾も肌襦袢も、そして下裳までもが捲り上げられて、白く豊かな臀が剝き出しになっていた。
二十八、九歳とみえる細面の美女だ。現代でいえば、三十代後半というところか。
その女の艶やかな丸髷が、乱れた胸元から覗く乳房が、柔らかな臀の双丘が、そして軀全体が揺れているのは、背後から片膝立ちになった男の巨砲に責められ

ているためだけではない。二人がいるのは屋根船の中なのだ。

京の魍魎屋敷の惨殺から十日ほど後の、薄曇りの午後。

大川の川岸——江戸に隣接した葛飾郡向島の諏訪明神近くに、その屋根船は舫ってある。

小舟は、掘割都市ともいうべき江戸の重要な交通機関であるが、また同時に、男女の逢い引き場所でもあった。特に、窓の障子や戸を閉めれば密室になる屋根船は、密会する男女の手軽な閨として、絶大な人気があったのである。

町奉行所は風紀取り締まりの観点から、真冬であっても屋根船の窓障子は開け放っておくべし——という触書を出したが、当然のことながら、それを馬鹿正直に守る者は少なかった。

今も、左右の窓の障子は、ほんの半寸ほど開いているだけで、それも風を入れるためであった。多めの酒代を貰った船頭の太吉は、五間ほど離れた松の木の下で五合徳利をかかえて、暑気払いの酒を舐めている。

「ひどい……京四郎様ァ」

臀の方から緩急自在に責められながら、女は甘ったるい声で言う。

「腰使いが巧みすぎます……きっと、関八州を巡りながら、たくさんの女たちを哭き狂わせてこられたのでしょうね……何やら、恨めしいような……ん、あんっ」

出雲京四郎は端整な顔に苦笑を浮かべて、

「私に閨事指南をしてくれた師匠に、そのように言われるのは、本望というべきかな」

狭い船内なので、大小は左脇に置いてある。

「あれ、師匠だなどと他人行儀な……浅乃とお呼びくださいまし」

女は、里見家遺臣団の一人、家老の正木大膳亮の子孫の正木浅乃であった。

浅乃は、自ら吉原に入り、女転師と呼ばれる性交術教官に媾合の手ほどきを受けた。最高の性交技術を、童貞だった出雲京四郎に伝授するためである。

八人の処女――八犬女を探し出してその純潔を奪い、首尾よく宝珠を得るためには、京四郎が性の達人となる必要があったのだ。京四郎は、そのことを深く感謝している。

だからこそ、父の修理之介に経過報告するために三ヵ月ぶりで江戸へ戻った今、こうやって、浅乃と二人きりの時間をもっているのである。

「では、浅乃殿。参るぞ」

ほとんど汗をかいていない京四郎は、そう宣言する。

「はい……ひいいっ」

熟女の臀の肉を鷲づかみにして、逞しく腰を律動させる京四郎の茄子色の男性器が、赤黒い浅乃の花園に出没し、白く泡立った愛汁が飛び散る。その止めの一突きが深々と蜜洞の奥の奥を抉ると、座布団の端を嚙んだ浅乃の喉から、悲鳴に近い叫びが洩れた。

ほぼ同時に、剛根の先端から白濁した精が噴出する。全身から力の抜けた浅乃は、臀を落として俯せになった。

臀肉と内腿、そして下腹部が、ひくひくと痙攣する。無論、男のものを咥えこんでいる花孔もだ。

京四郎は、体重をかけないように気をつけながら、その背中に覆い被さり、悦楽の余韻を愉しむ。

やがて、蕩けるような空白から目覚めた浅乃は、桜紙で己れの後始末をすると、濡れそぼった京四郎の肉根を咥えた。

「……浅乃は道具でよいと思っておりました。宝珠を得るための道具としてお役に立つならば、それでよいと」

唇と舌で浄めながら、くぐもった声で浅乃は言う。

「ですが、こうして京四郎様の優しさに触れると……自分の立場を忘れてしまいそうな……」

胡座をかいた京四郎は、その奉仕を快く受けながら、

「何を言われる。八個の宝珠のうち六個までも得ることができた。これも皆、私に闇の手ほどきをしてくれた浅乃殿のおかげ。私は、あなたに感謝している」

そう言って、浅乃の細い顎に指をかけて、涙ぐんでいる彼女の顔を上向かせる。

そして、顔を近づけた。

「いけませぬ……」

舐め取った聖液のにおいを気にして顔を背けるのを、京四郎は構わずに、接吻する。舌まで使った。感激した浅乃は、情熱的に舌を絡ませる。

と、京四郎の顔がにわかに厳しいものに変わった。

「浅乃殿っ」

彼女を突き飛ばしながら、畳に置いた脇差をつかむと、目にも止まらぬ迅さで抜刀する。

左側のわずかに開いた窓から、エメラルドグリーンの何かが、室内に侵入しよ

うとしていた。そいつの頭部を、脇差の先端が貫き、壁に縫いつける。

それは、見たこともない種類の毒蛇であった。

四

手早く身繕いして、大小を腰に落とした出雲京四郎は、

「ここから出ないように――」

浅乃にそう言って、舳先の方の戸に手をかけた。さっと開く。

舳先と小さな桟橋に、人影はなかった。屋根や艫の方にも、毒蛇の姿はない。

土堤にも、誰もいなかった。

が、桟橋から離れた場所にある松の木の根元に、男が倒れている。船頭の太吉であった。

腰の後ろに、大きな印籠のように帯から五合徳利を下げた京四郎は、紡い綱を解くと、静かに屋根船を押し出して、

「浅乃殿、船は漕げるな。私のことは心配せずに、船宿へ帰ってくれ」

そう言い捨てると、太吉の方へ歩き出す。背後で、「京四郎様っ」と浅乃が心

配して追ってくる気配がしたが、

「来てはならぬっ」

京四郎は振り向きもせずに、厳しく一喝した。夜明け前の雨で、土は湿っている。

五十近い太吉は、どす黒く変色した顔で悶死していた。京四郎は片手拝みして、右腕を見ると、そこに蛇の歯形が残っていた。

ひゅるる……と、遠くから口笛が流れてきた。すると、近くの草の中から碧緑色の蛇が顔を出す。先ほど、屋根船の中に侵入しようとしたのと、同じ種類だ。

「！」

京四郎は反射的に大刀の柄に手をかけたが、相手が襲ってくる様子ではないと気づく。

毒蛇は頭を巡らせると、ゆっくりと這い進む。土堤の上の方へ、だ。口笛も、そちらから流れてくるようだ。

（ついてこいということか……）

京四郎は草叢の中の伏兵に気をつけながら、毒蛇のあとを追う。

土堤の上には、よく踏み固められた三間ほどの幅の道がある。その道の向こうは、夏草の生い繁る広い草原だ。

ほぼ中央に、楠の大木がある。幹の直径は七尺もあり、樹高は十丈――三十メートルを超えているのではないか。

その大樹の中ほどの枝に、白い装束の人間が座っているのが見えた。口笛の主であろう。毒蛇は、草叢の中へと消えた。

京四郎も草原に足を踏み入れると、膝の高さの夏草の中を、その楠に向かって歩いてゆく。

「よう来たな、出雲京四郎」

巨木の枝から、ふわりと飛び降りてきたのは、白の水干に同じく白の水干袴という恐ろしく古風な恰好をして高下駄を履いた、痩身の男だ。しかも、頭頂の三条の鶏冠を立てて嘴の尖った緑色の面を被っている。

京四郎は、その面を見つめて、

「伎楽に用いる迦楼羅の面のようだな」

「おうよ。わしは、奉魔衆の迦楼羅じゃ」

迦楼羅とは、ヒンドゥー教のビシュヌ神につかえる神鳥ガルーダのことである。天を支配するガルーダは、地を支配する蛇神バスキを永遠の敵としているという。

「奉魔衆……何故に、宝珠を狙う」
迦楼羅は、ひょいと小馬鹿にしたように首を傾げて、
「知れたことよ。百万両にもなろうという里見家の黄金、その在処を知るため
さ」
「そのために多くの人々の命を奪い、今また、何の罪もない船頭を殺したのかっ」
京四郎の両眼に殺気が迸る。
「かかか、か」
嗤いながら、くるりと後ろへ宙返りをして、迦楼羅は間合をとった。
「貴様も同じ目的のために、斬りまくっているではないか」
「この出雲京四郎、無辜の者、得物をもたぬ者を斬った覚えはない」
「殺しに変わりはあるまいて。わしは雇い主のために、貴様は主家再興のために、
人命を奪う……立派な目的のために人を斬ったら、その斬り口から清水でも噴き
出すかい。そうではなかろう。忠義の一刀でも、盗人の一刀でも、斬って流れ出
るのは真っ赤な血とどろどろの腸じゃ。同じことよ。人殺しに、綺麗も汚いも
あるものか」
大刀の柄に手をかけて、京四郎は一歩前に踏み出した。

「雇い主の名前を聞かせてもらおう」

「言えぬな……それに」

屈んだ迦楼羅は、草叢の中から何かを取り出した。それは、一丈ほどの棒に、数本の横木が水平に突き出したものだ。田楽舞に使用する一本高足である。一本だけの竹馬のようなものだ。

迦楼羅は、ぱっと跳び上がって、垂直に立てた一本高足の横木に乗ると、

「死にゆく者に、何を話しても無益であろうがっ」

そう言い終わるが早いか、ひゅるるる……と面の奥から口笛を響かせる。すると、ざわざわと京四郎の周囲の草叢が蠢めいて、そこから毒蛇どもが鎌首をもたげた。

三十数匹はいる。大木の幹を背にした京四郎は、毒蛇の群れに弓形に取り囲まれたのだ。

並の者なら十と数えぬうちに倒れてしまうであろう不安定極まる一本高足に乗った迦楼羅は、絶妙の平衡感覚で微動だにせずに立ちながら、

「どうだ、京四郎。一匹二匹ならともかく、いかな名人達人といえども、これだけの数の毒蛇に同時に飛びかかられては、どうにもなるまい。船頭でわかる通り、

どいつも一咬み(か)で即死の猛毒をもっておる」

「……」

「本来ならば、貴様が八個の宝珠を集め終わってから、命を貰う予定であった。だからこそ、女人能(にょにん)の村では屋敷に火を放って手助けしてやった……だが、京の仲間からの報せ(しら)で、貴様が死んでも、その左手の数珠――伏姫の数珠さえあれば、残りの二名の八犬女は見つかるとわかったからには、生かしておく理由もないでな」

京四郎は、まだ抜刀しない。勝ち誇っている迦楼羅は気づかなかったが、大刀の鞘(さや)を握っていた彼の左手が、いつの間にか脇差の鞘にかかっている。

「では――死ねっ！」

迦楼羅がそう叫んだ時、二つのことが同時に起こった。牙を剝いて毒蛇どもが一斉に飛びかかった。が、京四郎もまた、高々と跳躍していたのである。

跳躍しながら、彼の左手は脇差を逆手(さかて)に抜き放ち、それを楠の幹に深々と突き刺した。すぐに落下すれば毒蛇の餌食になったであろうが、彼の軀はそいつらの牙の届かぬ高さにとどまっている。

左手の脇差で幹にぶら下がったまま、京四郎は、腰の後ろに下げていた五合徳利を右手でつかむと、幹の下の方に叩きつけた。中に入っていた液体が周囲に勢いよく飛び散って、毒蛇の群れは頭からそれを被る。

「そ、それはっ」

迦楼羅が愕然とした時、京四郎は懐から出した細い竹筒の栓を、歯で咥えて抜いた。そして、竹筒の中に仕込んでおいた火縄を、下に落とす。

ぱっ、と蜜柑色の焔が上がり、猛毒をもつ蛇どもが生きながら火あぶりになる苦痛に、軀を捻って悶え苦しむ。

五合徳利の中身は、屋根船の中の行灯に使う予備の灯油だったのだ。黒い煙と爬虫類の鱗や肉が焦げる生ぐさいにおいが、もくもくと立ち上る。

京四郎は、幹を蹴った。その反動で脇差も幹から抜けて、火炎地獄の向こう側に降り立つ。脇差を鞘に納めた。

「貴様が毒蛇使いと察したゆえ、こんな用意をしておいたのだっ」

そう言いながら、京四郎は大刀を抜き放つ。

「ひえええっ」

だらしなく悲鳴を上げた迦楼羅は、一本高足でぴょんぴょんと跳びながら逃げようとする。

「待てっ」

京四郎は追った。楠の幹の裏側へ逃げた迦楼羅の前に、回りこむ。今度は、迦楼羅が幹を背にして動けなくなった。

「下りてこい」京四郎は言った。

「最期くらい堂々と立ち合ったら、どうだ」

「あぁん？」

またも、迦楼羅は小馬鹿にしたように首を傾げて、

「最期とは貴様のことか」

そう言った瞬間、楠の高い枝から何かが降ってきた。毒蛇だ。しかも今までよりも一回り大きい毒蛇が四匹、京四郎の頭上から襲いかかってきた。

「ちっ」

京四郎は、三匹までは斬ることができた。残りの一匹は、咄嗟に彼が軀を捻ったために咬みつくことができず、地面に落ちる。

さっと京四郎は、横っ跳びに跳んだ。最後の一匹が再度の襲撃をする前に、態勢を立て直さねばならない。

が、左肩に痛みを感じて、はっとする。見ると、首だけになった毒蛇の頭が、

着物の上から左肩に咬みついているではないか。

「ぬうっ」

大刀の柄頭で、その蛇頭を払い落とす。しかし、左肩が燃えるように熱くなってきた。同時に、そこから、どす黒い痺れが身体中に広がってゆく。

着物の上から咬まれたから、毒の大半は布に吸い取られたのだろうが、それでも、手足の自由がきかなくなってきた。

「むむ、む……」

京四郎は、地面に片膝をついた。大刀の切っ先を大地に突き立てて、立ち上がろうとするが、腕にも膝にも力が入らない。

「おうおう、哀れなものよのう。もしかの備えをするのが自分だけと思っていたのが、間違いじゃ」

鳥面の怪人は冷笑する。

「まだ意識があるな。よしよし、ゆっくりと恐怖を味わいながら、死ねっ」

迦楼羅は、口笛を吹いた。最後の毒蛇は、軀をくねらせて京四郎に近づく。

それを目にしながら、斬ることも逃げることもできぬ京四郎であった。

(油断をした報いだ……無念っ)

それでも、残った気力を振り絞って京四郎が反撃しようとした刹那――信じられないことが起こった。

突然、毒蛇の動きが停止した。

その軀を、数十本の長い針のようなもので刺し貫かれたからだ。

一尺近い針は、どこかから飛来したのではない。不可解なことに、地面の中から飛び出したのである。

「そ、その術は……」

心底驚いた迦楼羅の言葉が、途切れた。

「あ……あぎゃあァアっ！」

絶叫が轟きわたった。

彼の全身は、針鼠のようになっている。頭も胸も腹も、両腕も、両足も、鋭く光る一尺針に刺し貫かれている。その針は、彼の肉体の内側から飛び出していた。

「あ、あの女……裏切ったのか……」

それが迦楼羅の最期の言葉だった。口から不気味な緑色の液体を吐出しながら、迦楼羅は不様な恰好で地面に落ちる。

液体がかかった左手首に灼けるような痛みを感じながら、京四郎の視界は急激に狭まり、真っ暗な闇に落ちてゆく……。

五

数千貫の石垣に押し潰される悪夢から、出雲京四郎が目を覚ましてみると、そこは大きな百姓家の座敷であった。夜具に横たわっていて、そばに行灯がついている。

「――おや、お侍様。大丈夫ですか」

隣の板の間の方から、声がかかる。二十二、三の百姓女だ。化粧っ気はないが、意外と肌は白く、切れ長の目と肉感的な唇が印象的な美しい女である。

板の間には囲炉裏が切ってあり、自在鉤にかけた鉄瓶から湯気が上がっていた。板の間の周囲を鉤形に、土間が囲んでいる。

土間の板戸が少し開いていて、そこから夕暮れの空が見えた。あの草原で気を失ってから、二刻も経っていようか。

「何か煙と火が上がったんで蛇ヶ原へ駆けつけたんですけど、あそこで蛇に咬まれたお侍様を見つけた時には、てっきり、もう駄目かと……でも、玄庵先生にいただいた毒消しが効いたのですねえ」

女は、前掛けで手をふきながらこちらの座敷へやってくると、京四郎の脇に座った。

「ここは、どこかな」

「明神様の裏手で、寺島村でございます」

「世話をかけたようだな。私は出雲京四郎という者だ。礼を言う」

そう言いながらも、京四郎は自分の声の弱々しさに驚いていた。

十日も絶食していたかのように、手足にも力が入らない。軀全体が熱っぽかった。

「お礼だなんて、そんな。わたくしは、薊と申します。亭主は法事で池袋村に出かけていて、明日にならないと戻りませんし、姑もおりませんから、どうぞ、気兼ねなさらずに……あら、左手、痛みますか」

京四郎が、そろそろと上掛けの下から出した左腕を、薊という女は両手で柔らかく包む。京四郎は、片眉をひくりと動かした。

紫色に腫れている左手首を見つめて、

「数珠が……数珠をかけていたと思うが……」

「ああ、これでございますね」

薊は、枕元に広げた手拭いの上に置いてあった伏姫の数珠を取って、京四郎の左手に握らせる。顔の前に近づけた数珠を見た京四郎は、愕然とした。

文字が消えている。

その水晶数珠の内部には、仁・義・礼・智・忠・信・孝・悌の八文字が浮かんでいるはずなのに、それが消えているのだ。

水晶の珠自体が、どんよりと曇っている。しかし、これが本物の伏姫の数珠であることは、重さや手触りから間違いない。

「どうかなさいましたか」薊が不安そうに、

「緑色の汁で汚れていたので、綺麗に洗ったつもりでしたが……」

「いや……何でもない」

迦楼羅が吐いた毒液を浴びたせいかも知れぬ——と京四郎は思った。鳥面の怪人の最期の執念が、数珠の力を奪ったのか。

と、にわかに京四郎は顔色を変えて、

「私の懐に天鵞絨の巾着があったと思うが」

「はいはい、これですね」

手拭いの上からとった巾着袋の口を開いて、

「何か大事なものでございましょう」

薊は、中の宝珠を取り出して見せる。宝珠の中の文字は消えていなかった。輝きも同じだ。

やはり、伏姫の数珠の異常は、緑の毒液のせいなのだろう。

「ご安心なさいましたか」

「うむ。そこに置いておいてくれ」

数珠と巾着袋を枕元に置いてもらい、京四郎は目を閉じた。

伏姫の数珠には、体内に宝珠を秘めた八犬女に近づくと、発光しながら鳴動する霊力がある。が、数珠の中の文字が消えた以上、その霊力も消えたとみるのが妥当ではないか。

すると、どうやって残りの二人の八犬女を探せばよいのだろう。

関八州にいる、年齢は十代から二十代、何かしら犬にかかわりがある、秘部に黒子がある……これだけの手がかりで顔も名前もわからぬ八犬女を探し出すのは、不可能に近い。伏姫の数珠の霊力さえあれば、人混みの中ですれ違っただけでも、相手を発見できるのだが。

（天の加護で生き延びたが、困ったことになったものだ……）

それにしても、あの毒蛇や迦楼羅の命を奪った無数の一尺針は、何だったのか
——と京四郎が考えていると、下腹部に触れるものがあった。

目を開けてみると、いつの間にか上掛けがはねのけられ、肌襦袢の前が開かれ
て、そこに薊が顔を埋めているではないか。

「これ、何をしておる」

「男の人の毒は、こうやって外へ出すのが一番ですよ」

淫らな笑みを浮かべて、ふくよかな唇を下帯に押しつける。京四郎は止めよう
としたが、なぜか、手足が先ほどよりも重くなり、動かすことができない。

その間に、薊は熱い息を吹きかけながら、唇と舌で布地越しに男の象徴を刺激
する。掌で、これも布地越しに玉袋を撫で上げる。

巧みであった。不覚にも、血流がそこに集中して、肉根が硬化膨張してしまう。

下帯の脇から飛び出した。

「凄い……こんなに巨きいなんて……」

薊は目を丸くした。

「しかも、雁が張って立派な姿……ああ、堪らないねえ」

右手で茎部を握ると、大きく口を開けて、屹立した巨砲の先端を呑む。左手の

方は、玉袋や内腿を撫でさすっている。

薊の愛撫が浅乃よりも上であることを、京四郎は認めないわけにはいかなかった。吉原の性愛術を究めた浅乃よりも、さらに巧みな淫技の持ち主がいるとは、思いもしなかったが。

剛根を舐め、しゃぶり、鰓の下のくびれを舌先で抉るように刺激してから、玉袋の甘嚙みを経て、口唇愛撫は蟻の門渡りに移行した。

そして、後ろの門を舐める。さらに、その奥深くにまで、舌先が侵入した。

「う……」

浅乃に童貞を奪われて以来、初めて、京四郎は女に対して呻いた。薊の舌は常人の倍もあるらしく、暗黒の洞窟の奥の奥のそのまた奥まで侵入して、ちろちろと内側から撫でる。

暴発しそうになった。すると、舌が撤退する。

「ふ、ふふ……それは勿体ない」

好色そのものの笑みを浮かべて、薊は上体を起こし、着物を肩から滑り落とした。全裸になる。

乳房は誇らしげに突き出し、胴は見事にくびれ、臀の丸みは完璧に近い。花園を飾る繁みも黒々として豊饒だ。女そのものの肉体であった。

「さあ、この世の極楽を教えて差し上げましょう」

薊は、京四郎の腰の上に跨がった。右手で巨根をつかみ、左手で濡れた花弁を開いて、その奥に誘いこむ。

ぬるり、と薊の花孔に侵入した。いや、京四郎の方が呑まれたといった方が、正解かも知れない。薊は女としての自信に満ち溢れた表情で、

「どう、お侍様。あたしの女壺の味は」

京四郎の唇の端が、皮肉っぽく吊り上がった。

「――殺す前に相手の男を嬲るのが、奉魔衆の女の遣り口か」

六

「なぜ、わかった」

薊の両眼が酷薄な光を帯びた。女の器が、きゅっと締まる。

「私の左手を握ったお前の掌だ……百姓仕事をしているにしては、なめらかすぎた」

「なるほど……さすがに、仲間を四人までも倒した男よな。あたしは、奉魔衆の

呉女。こんな愉しみの途中だから、野暮な仮面は控えておくが」

「四人ではなかろう」

悦楽に耐えながら、出雲京四郎は言う。

「迦楼羅を倒したのは、私ではない。軀の内側から無数の針が飛び出すという、摩訶不思議な手口であった。おそらく……そなたの仕業と見たが、どうだ」

「ほ、ほほほほ」

京四郎に騎乗位で跨がったまま、全裸の薊――呉女は嗤った。両手を京四郎の前にかざして、

「この手を見よ。この手を地面に押しつけて念ずると、相手の地面の中から針が飛び出してくる。畳に触れれば畳から、柱に触れれば柱から、そして先ほどのように、地面に触れている一本高足の、その高足に触れている迦楼羅の体内からも、針を出すことができる。刺千針の術という」

「この目で見ていても、信じられぬ術だ」

「いかなる剣豪達人といえども、己れの内部から突き出して臓腑を貫く針を防ぐ術はあるまい。最強の術と言うべきかのう」

「……」

「怖いかえ」

呉女は、京四郎の眼を覗きこんで、

「安堵せよ。まだ、殺さぬ。今は、まだな」

「なぜ、仲間を殺した」

「一つには、手柄を横取りされたくなかったからさ。わざわざ京から下ってきて伏姫の数珠の件を教えてやったのは、このあたし。それなのに、数珠も宝珠も迦楼羅に取られては、間尺に合わぬではないか」

ゆるやかに臂を回しながら、呉女は言う。

「もう一つは、ふふふ……そなたと交わりたかったから」

艶然として、舌先で唇を舐める。

「京四郎、そなたは美しい。しかも、立派な道具をもっている。迦楼羅ごときに殺させるには、惜しい男……あたしが、たっぷりと精を吸い取ってやろうと思ってな」

「………」

「強力な蛇毒とは別に、そなたが眠っている間に、口移しで痺れ薬も飲ませておいた。今のそなたは、生まれたての赤子よりも無力よ。ふむ……よい道具じゃ。

男の泉が枯れ果てるまで可愛がり、最後は刺千針の術で息の根を止めてくれる。もっとも、それまで、他の女体では味わえぬ桃源郷に遊ばせてやるがのう。おほほほほ」

たしかに、薊こと奉魔衆の呉女の女壺が生み出す快楽は、蛇毒や薬の影響を差し引いたとしても、希有なものであった。

武の道に精進して心胆を練り上げ、浅乃に閨房術の免許皆伝を言い渡された出雲京四郎が、我を忘れそうになるほど、甘く骨の髄まで蕩けるような快感である。

手足に力が入らないので、呉女を押しのけることすらできない。

「お、お前たち奉魔衆の正体は何なのだっ」

ともすれば、蜜の陶酔に溺れそうになる自分を叱咤しながら、京四郎は尋ねる。

「さて……それは、あたしにもわからぬ」

臀の動きを止めて、花孔の内部を自由自在に蠕動させながら、薊は言う。

「あたしの術は、母者から受け継いだもの。その母者もまた、母者から受け継いだそうな。ずっと昔の昔、日本六十余州が戦に明け暮れている頃に、あたしたちの先祖は遠く天竺から唐人船でやってきたらしい」

「…………」

「そして日の本に棲みつき、大名や公家どもに術を売って暮らしを立てるようになったのだそうだ」

忍者と忍術のルーツについては諸説あるが、中国大陸から渡ってきた歌舞演戯の遊芸人たちは、その一つである。

彼らは、鍛え抜かれた体術とともに、当時の日本人が知らなかった科学知識や心理的トリックを駆使して、魅力的な観世物を提供した。そして、その技術は、そのままスパイ活動に転用できるものであった。

また、遊芸人が諜報活動をしたり、忍者が遊芸人に化けたりしていたから、両者の境界は極めて曖昧である。

が、中国の歌舞演戯の原点もまた、西域にあるという。

中国最初の都市記録といわれる楊衒之の『洛陽伽藍記』には、驢馬をばらばらに解体して井戸に投げこむと元の姿で出てくるという奇術や、真桑瓜の種を植えるとすぐに成長して観衆がその実を食べられるという観世物が、景楽寺という寺の境内で行なわれた——と書かれている。

西域から来て摩訶不思議な幻術を観せる彼らは、〈幻人〉と呼ばれた。漢の安帝は、自分の手足を切断して胃腸を抉り出してみせる幻人を観たという。

だが、幻人たちの中には、ただの奇術師ではなく、人間であることを超えた本当の異能力をもった者たちがいた。いや、異能力をもつがゆえに、普通の社会では生きていけず、彼らは遊芸人の仮面をつけることによって、かろうじて迫害から逃れていたのだろう。

常人とは違う異能力者の彼らは、常人とは違う神に帰依する。すなわち、神ではなく魔を奉ずる。

つまり、〈奉魔衆〉である。

この異能力者の集団の一つが、戦国時代に南方貿易の航路を利用して、大陸経由ではなく直接、日本へ渡ってきた。それが、呉女たちの先祖なのであった

「そもそも、何のために日の本に来たのか、何かを求めてか、それとも事情があって自分の国を追われたのか……いや、元から自分の国などなかったのか……ふふ、今となっては、どうでもよいことだ」

「…………」

「我らは役目を果たして、雇い主から報酬を受け取る――その過程で男を犯し、女を犯し、殺して殺して殺しまくる。こんな面白い生業は他にあるまいよ」

「哀れな……」思わず、京四郎は呟いた。

「愛も知らず、人の情けも知らず、友もなく、何と虚しい生き方であることか」

「今、何と言うたっ」

呉女の両眼が吊り上がった。

「野原に咲く小さな一輪の花にも心やすらぐのが、人というもの。無惨非道の日々に、そのようなやすらぎはあるまい。鳥獣ですら、親子の情を知っているものを……だから、哀れと言うたのだ」

「お、おのれっ」

逆上した呉女は、術も何も忘れて、男の首に両手をかけて絞め殺そうとした。

左肩の毒蛇の咬傷に、槍で貫かれたような激痛が走った。思わず、京四郎は背中を弓なりにして仰けぞる。

その瞬間、奇跡が起こった。

七

出雲京四郎の全身の骨に関節に筋肉に、力が甦ったのだ。咬傷の激痛が荒療治となって、鍛え抜かれた肉体の奥の焔が、一気に燃えさかったのであろう。

京四郎は、左右の手で呉女の両手首をつかむと、大事な部分で繋がったまま、くるりと上下の位置を変えた。

「あぁっ⁉」

絶対に動けないはずの相手に組み伏せられて、呉女は度肝を抜かれた。京四郎は、女を両腕を上げた万歳の姿勢で押さえつけ、座敷の隅に大小の刀があることをたしかめてから、

「掌を接触させねば、刺千針の術は使えぬはずだなっ」

「う……」

「この姿勢からでも術は使えるか。使ってみよ。私の全身が長さ一尺の針の山となれば、軀を密着させているそなたもまた、刺し貫かれて死に至るであろう」

「むむ……」

呉女は悔しそうに、京四郎を睨みつける。

「そなたと交わっている限り、私は死なずに済みそうだ。しかも、これほど熟れた軀でありながら……欠けたものがあると見たぞ」

「な、何だ、あたしに欠けたものとはっ」

攻守逆転されたのとは別の種類の怒りで、呉女の双眸が、らんらんと輝く。女

としての誇りを傷つけられたのだろう。

「──これだ」

京四郎は、ずんっ……と奥の院を力強く一突きする。

「ひぐっ」

呉女は白い喉を見せて、仰けぞった。

「そなたの女壺は極上の造り……だが、極上過ぎて、己れが快楽を十分に味わう前に、いつも男の方が先に果ててしまう。それゆえ、未だかつて、女悦の極みを味わったことがないはず」

「…………」

呉女は恥辱に震えながら、顔を背けた。

「今から、男女の交わりの何たるかを、そなたに教えよう」

京四郎は、むしろ穏やかともいえる口調でそう言うと、呉女を押さえつけたま ま、ゆっくりと腰を使い始める。自分が主導権を握ってみると、彼女の秘肉の味を十分に愉しみながらも、己れを失うことがないと知った。

「んふ……」

顔を背け、目を固く閉じた呉女であったが、それがかえって、内部から湧き出る悦楽の波動を強く意識させることになったようだ。くいしばった歯の間から、熱い吐息が切れ切れに洩れるのを、抑（おさ）えることができない。

「あ……くぅ、う……っ」

頬と上瞼（うわまぶた）が、紅（べに）色に火照（ほて）って銀の粉を撒（ま）いたように光っている。隠しようもなく、感じているのだった。

京四郎が、その左の耳に唇をつけると、びくっと震える。男の方から積極的に愛撫をされた経験が、ほとんどないらしい。

男の舌先が耳孔をくすぐり、歯が耳朶（みみたぶ）を優しく噛むと、「あっ…あんっ……」と初めて男に抱かれる小娘のような可愛い喘（あえ）ぎを、歯の間から洩らす。

わざと呉女の唇に接吻はせずに、男の唇は首筋を這い下りて、豊かな胸の谷間をまさぐった。そして、突然、心（しん）の臓（ぞう）に近い左の乳房の先端を強く吸う。

「ひぃぃっ」

それだけで、呉女は中程度の絶頂に達した。花孔が痙攣して、熱い愛汁が流れ出す。

少し間をおいてから、京四郎は腰の律動（りつどう）を再開した。

今度は、先ほどよりもストロークを長くとって、強く深く突く。無論、捻りや逆回転などを交えて、攻撃が単調にならないようにした。

「どうしてっ……どうして、こんなに……」

呉女は呻きながら、自分から腰を浮かせて、恥骨の丘を擦りつけてくる。京四郎は、さらに攻撃を強めた。

呉女は目を開いた。京四郎を見つめて、

「口惜しい……呪ってやるぞ、京四郎っ」

言葉とは裏腹に、呉女の瞳は濡れていた。すがりつくような眼差しになっている。

「呉女よ、今のそなたは美しい」

微笑を浮かべた京四郎がそう言うと、小さく呻いた呉女は目を閉じて唇を押しつけてきた。貪るように接吻して、長い舌を差し入れてくる。

己れの排泄孔の奥まで抉った舌であったが、京四郎は厭わずに、舌を絡めてやる。その心が通じたのか、呉女の舌の動きは、さらに熱っぽくなった。

今ならば、男の舌を喰い千切ることもできるはずだが、それよりも、京四郎の唾液を吸い、嬉しそうに飲みこむ。

京四郎は賭けに出ることにした。どうせ、呉女の邪心がなければ、毒蛇に咬まれて死んでいた命なのだ。押さえつけていた彼女の両腕を、放した。

瞬時に、呉女の両腕は男の首筋に巻きついた。刺千針の術を使うためではない。紙一枚の隙間もないほど、京四郎と密着するためであった。

京四郎もまた、呉女の脇の下から両腕を回すと、しっかりと抱き合う。そして、嵐のような大腰を使った。

呉女は哭いた。身も世もなく、哭き狂う。髷が解けて、乱れ髪になっていた。

そして、ついに最後の大槌が、頑丈に閉ざされていた内殿の扉を粉々に打ち砕いた。

「――――っ!!」

言葉にならぬ悲鳴とともに、呉女は生まれて初めて金色の光輪に包まれた。それに合わせて、京四郎もおびただしく放つ。

二人はそのまま、動かずにいた。さすがの京四郎も、汗まみれになっている。

「これが……これが女の悦びか」

目を閉じたままの呉女が、ぽつんと言う。その直後に、腹筋が、きゅっと締まった。

呉女が京四郎を突き飛ばすのと、京四郎が大刀に手を伸ばすのが、ほとんど同時であった。

一回転した全裸の呉女の右手が、天鵞絨の巾着袋をつかむ。そこへ、京四郎の大刀の峰が横ざまに叩きつけられた。巾着が裂けて、中の宝珠が飛び散る。

呉女は、左手でその一つをつかむと、土間の方へ跳んだ。

「京四郎……なぜ、峰を返したっ」

「そなたこそ、どうして、軀を離した時に刺千針の術を使わなんだ」

呉女の顔が、親に悪戯を叱られた幼女のように歪んだ。

「殺す！　必ず殺してやるぞ、京四郎っ！」

そう叫びながら、呉女は横の連子窓を突き破って、姿を消した。

一人残った京四郎は、長い溜息をつくと、座敷に散らばっている宝珠を拾い集める。

呉女に取られたのは、朱桃の〈義〉であった。

「今度出会ったら……斬らねばならぬのか、あの女を」

斬りたくはない――そう思ってしまう自分の真情を、測りかねる出雲京四郎であった。

第三章　尾張非情剣

一

不可思議な風景であった。

街道から見て左手、山の西側が鉈で断ち割ったような垂直の断崖になっている。船形山という。唐桟縞を横向きにしたような地層が、剝き出しになっている。

その中腹に、糊で貼り付けたように寺院が建てられているのだ。大福寺観音堂である。

土地の者は崖観音と呼ぶ。

市川から江戸湾沿いに安房北条へ至る房州道を、出雲京四郎は南下してきた。

そして、街道の終着点である北条の手前で、崖観音を目にしたのだった。

奈良時代の僧・行基が、この船形山の断崖に十一面観音を彫り、それを囲むようにして観音堂が建てられたのだという。

夏の夕陽を浴びて赤く染まった観音堂の姿を見て、着流し姿の京四郎は、

(この世のものとは思われぬ。天竺にある御堂は、このように美しいものかな……)

少しの間、見とれてしまう。

が、すぐにその麗貌に険しいものが走った。

街道は、前方で右に向かって緩やかに曲がっている。その右手の林の奥から、四人の侍が現れたのだ。

四人とも、羽織に括袴という旅姿である。年齢は、二十代半ばから三十過ぎというところか。

蒸し暑い林の中に潜んでいたためか、四人とも汗まみれだ。

「──人違いではないのか」

己れを取り囲んで殺気を漲らせる侍たちに、半身になった京四郎は静かに問いかけた。

「私の名は出雲京四郎、一介の素浪人だ。お主たちに恨みをかう覚えはないが」

夕刻の房州道に、他に人影はない。

「問答無用っ!」

一人がそう叫んで、大刀を抜いた。他の三人も、抜刀した。京四郎は大刀の柄に手をかけて、相手の出方を探る。

彼を等間隔で取り巻いている四人は、大刀を右八双に構えた。白刃の円陣である。

そして、京四郎の周囲を、ゆっくりと回り始める。その速度は、京四郎を攪乱するように次第に速まってきた。

彼らを目で追っていた京四郎は、すっ…と瞑目する。

それを好機と見たのか、一人が京四郎の背後から斬りかかった。

足音の変化と気配でそれを知った京四郎は、刮目すると、咄嗟に軀を沈めつつ右へ半回転する。

「ぬおぉっ」

侍が振り下ろす大刀が京四郎の頭上に達するよりも先に、彼の抜き打ちの剣が、侍の腹部を斜めに斬り裂いていた。

そいつが横向きに倒れるよりも早く、反対側にいた二人目の侍が、京四郎に斬りかかった。

が、その喉頸を、ひらりと返した京四郎の剣の切っ先が、斜め下から貫く。

「っ!?」

そいつは驚きの表情になりながらも、柄から放した左手で刀身をつかんだ。すでに大刀を振り下ろす力はなくなったが、せめて、仲間のために京四郎の動きを封じたいと思ったのだろう。凄まじい気力であった。

相手の喉を刺し貫いたまま、京四郎は立ち上がった。

「だあっ」

右手の三人目の侍が激烈な気合とともに、斬りかかってきた。

京四郎は剣を引き抜いた。刃をつかんでいた二人目の侍の左手の指が、ぽろぽろと落ちる。

躯を開いて、相手の大刀をかわした京四郎は、その伸びた首筋に剣を振り下ろした。

頭部が胴体から離れて、地面に落ちる。切断面から、鮮血が噴出した。

首を落とされた侍の躯に、喉を貫かれた二人目の侍の躯が前のめりにぶつかる。二人の侍は、折り重なるようにして、倒れ伏した。

残った四人目の侍は、仲間の首の切断面から噴き出した血を、まともに浴びてしまった。顔まで染まって、まるで赤鬼である。

だが、それで臆することはなく、

「うおおっ」

野獣のような吠え声を上げ、京四郎に体当たりするようにして諸手突きを放つ。

京四郎は、下段から相手の大刀を跳ね上げた。峰で弾かれた大刀は、宙に舞って数間先に落ちる。

その素手になった侍の喉元に、京四郎の剣の先端が、ぴたりと突きつけられた。

「さて……聞かせてもらおう、私を襲った理由を」

「む……」

血で汚れた顔の中で、見開かれた目玉が、ぎょろぎょろと動く。

「辻斬りや山賊の類でないことだけは、よくわかる。正式に剣術を学び、今も鍛錬を絶やさぬ者だということもな。理由もなく通りがかりの者を襲うような無法者ではない……では、なぜ、私を襲った！」

その瞬間、眦も裂けんばかりに侍の両眼が開かれ、その右手が脇差の柄に走った。

京四郎は仕方なく剣を引いて、上段から振り下ろす。

頭頂部から胸元まで、深々と断ち割られて、その侍は絶命した。脇差の柄に手をかけたまま、仰向けに倒れる。

京四郎は溜息をついた。我が身を守るためとはいえ、真摯に剣を学ぶ者を理由もわからずに斬ってしまう――そのことが、やり切れなかったのである。

血振して懐紙で拭ってから、静かに納刀する。

と、その時、

「ああっ！」

街道のゆるやかに曲がったところに、小柄な少年が立っていた。血の海に倒れている四人に驚いたのだろうが、その顔には、別の種類の驚愕が貼りついていた。

少年は、濃紺の腹掛けに白い木股、半纏を引っかけて、風呂敷包みを斜めに背負っている。笠は手にもっているので、月代を伸ばして小さな髷を結った頭が剝き出しだ。茶色味を帯びた癖っ毛で、栗の毬みたいに四方八方に飛び出している。

「京四郎……様っ！」

それは、少年ではなく、男装をした若い娘であった。下野の太鼓師・甚作の娘で、名を朱桃という。

三月ほど前に、京四郎が抱いた八犬女の一人だ。

「朱桃……どうして、こんなところに」

さすがに驚いていると、走り寄った朱桃は、彼の胸に抱きついて、

「探したよぅ、探したんだよぅ！」

泣きじゃくりながら、言う。

「京四郎様に会いたくて、ずっとずっと探してたんだってば……嬉しいっ……」

「お前という奴は……」

胸の奥に温かいものが生まれるのを感じて、京四郎は、男装娘の頭を撫でてやった。


斬り合いの場所から半町ほど離れた丘の上に、一人の武士の姿があった。

京四郎を襲った四人と同じように、羽織に括袴という姿で、深編笠を被っている。

南蛮渡りの三段式遠眼鏡で一部始終を見ていた武士は、その遠眼鏡の筒を短く重ねてから、片手拝みして、

「許せ」低く、言った。

「全ては御主君のため、主家の安泰のためだ。安らかに眠ってくれい。おかげで、出雲京四郎の太刀筋はわかった」

それから、大刀の小柄を抜き取ると、その鯉口を切った。そして、小柄の刃で大刀の刃を軽く打つ。

澄んだ金属音がした。金打である。

「誓ったぞ、京四郎は必ず……このわしが斬る！」

二

今より百二十年前——安房里見家十二万二千石は、大久保忠隣改易の巻き添えとなって徳川幕府に取り潰された。第十代藩主であった里見忠義は、配流先の伯耆国田中で無念のうちに、死去。自害であったともいわれる。

しかし、里見家の遺臣たちは主家再興を諦めず、まさに臥薪嘗胆の苦労を重ねつつ雌伏していた。

彼らの心の支えとなっていたのは、役行者と思われる老人が霊夢で告げたこと——すなわち、金山奉行の子孫に男根に八連黒子をもつ子が生まれたる時、関八州のどこかに宝珠を体内に秘めた八人の乙女が誕生する——というものであった。

その八犬女が、八連黒子の男に抱かれて破華の時を迎えると、その体内より宝珠は転げ出る。八個の宝珠を集めれば、里見家が隠した百万両相当の黄金の在処がわかるというのだ。

八連黒子の男――出雲京四郎は、怪人集団・奉魔衆と闘いながら、宝珠を六個まで集めていた。

ところが、奉魔衆の迦楼羅の毒に五体を侵された時、不覚にも、奉魔衆の呉女に〈義〉の珠を奪われてしまったのである。しかも、迦楼羅が断末魔に吐出した毒液を浴びたために、左手首に巻いた伏姫の数珠が、その輝きを失ってしまったのだ。

伏姫の水晶数珠の内部には、〈仁・義・礼・智・忠・信・孝・悌〉の八文字が浮かび、八犬女に近づいた時、発光鳴動して、それを京四郎に報せるという霊力がある。

しかし、今の数珠から、その八文字が消えているのだ。当然、八犬女に反応する霊力も喪失したと考えるべきだろう。

事実、体力を回復した京四郎が、もう一つの手がかりである〈犬に関係する娘〉という条件だけを頼りに、江戸の周囲を歩きまわってみたが、数珠の反応はなく、七人目の八犬女に出逢うことはなかった。

ひょっとしたら、八犬女とすれ違っても、それと気づかずに見逃してしまったのかも知れない。

六個集めた宝珠の一個を奪われ、新たな宝珠を得ることも困難になった。だが、それでも、真の武士道に生きる者としては、主家再興の日まで諦めるわけにはいかない。

胸の底から湧き出る叢雲のような焦燥を抑えつつ、京四郎は房総半島を巡ってみることにした。特に、里見家の領国であった安房へ行けば、何か事態打開の手がかりがつかめるかも知れない。

それで、房州道を南下して、京四郎は北条へやってきたのだった。そこで、思いもかけず、第二の八犬女である朱桃に再会したのである。

しかも、呉女に奪われた義の宝珠を体内に秘めていた朱桃に。これも何かの運命であろうか。

元文三年、陰暦六月下旬のことであった――。

「あ…京四郎様ァ……羞かしいよぅ」

腹掛けを外された朱桃は、夜具の中で身をよじる。二つの膨らみが、男の目にさらけ出された。

二人がいるのは、北条の旅籠の一室だった。

北条は、北条藩一万二千石の領地である。元は里見家の領地であり、里見家滅亡の後は幕府直轄の天領となっていた。

それが、寛永十五年に、家光と三代将軍の座を争って敗北した駿河大納言忠長の遺臣である屋代忠正が、一万石で入封した。一万石未満は旗本だから、最も小さな大名ということになる。

しかし、三代目藩主の忠位の時に万石騒動という大規模な百姓一揆が起きて、その処理に失敗し、幕府に領地を没収されてしまった。

それから六十年以上が過ぎた享保十年、今度は若年寄の水野忠定が一万二千石で入封し、北条藩が再びできた。

小藩だから城はなく、領主の館としては陣屋だけである。それでも、領主のお膝元で、房州道の終点であるから、商家も立ち並び、旅籠もあった。

京四郎たちが泊まったのは〈辰巳屋〉という平旅籠だった。

夜である。夕食を摂って風呂に入った二人は、ようやく、蜜のような時間をもつことができたのだ。

「朱桃。一度、見ているではないか」

微笑を浮かべて、京四郎が言う。

「でも……小さいから羞かしい」

「そうかな。三月前に比べると、少し大きくなったようだぞ」

「本当？」

顔を覆っていた両手を開いて、十八娘は嬉しそうな表情になる。

「やっぱり、京四郎様に…その……あれをしてもらったからかなあ」

「そうかも知れぬ。では、もっと育つように、こうして……」

京四郎は、紅色をした乳頭に唇をつけると、そっと吸ってやる。朱桃は目を閉じて、喘いだ。さらに、硬くなってきた乳頭を舌先で嬲ると、仔猫のような呻き声を漏らす。

京四郎は、その声に、表情に、仕草に、何とも形容のし難い好ましさを感じた。いじらしいというのか、可愛いというべきか。

（私は、この娘に惚れているのだろうか……）

主家再興のためとはいえ、許嫁でも妻でもない乙女を抱いて、その初穂を摘まねばならぬ。いくら忠義といっても、納得し難い役目であった。

それでも京四郎が、その役目を果たしてこれたのは、「女人を騙して操を奪うのではなく、誠心誠意真心をこめて説得し、淫欲からではなく、相手をいたわり慈しみながら契りを結ぶのが礼儀だ」という自戒を守ってきたからである。

例外は——箱根山中で捕えられ、女人能の儀式で無理矢理に桜子姫と姦淫させられた時だけだ。

今も、自分の愛撫によって朱桃が全身で悦びを示す様を見ると、心が温かいもので充たされるのを感じる。

意馬心猿の色欲で、娘の肉体を貪っているのではない。女体に奉仕し女の心を慰撫することに、京四郎は深い満足を得る境地になっているのだ。

雄柱を屹立させることも、それを深々と突き入れて内部を攪乱し、大量に放出することも、そのための過程にすぎない。

四半刻ほどして、男の愛撫は、木股を脱がせた男装娘の下腹部へ至った。

行灯の明かりに照らし出された無毛の亀裂は、薄桃色をした清浄な佇まいである。女神の丘を開くと、その奥に桜色をした花弁が慎ましく控えていた。

醜いよじれや皺は一切なく、生まれたばかりの赤ん坊の耳朶のような花弁が一対、合掌するように密着している。処女であった時と、その姿に変わりはないように見えた。

だが、桜花に朝露が宿ったように、透明な愛汁が花弁の隙間から滲み出している。京四郎は、そこにくちづけして、愛汁の珠を吸う。

「ひィ……っ」

朱桃が仰けぞった。さらに京四郎は、舌先を花弁の隙間に押し入れて、その内部の女蜜をも啜り取る。

「駄目っ……そんなことされたら……ああんっ」

朱桃は乱れた。まだ挿入もされていないのに、枕を倒すような乱れ具合だ。

ただ一夜だけしか抱かれていないのに、この三月の間に、女として肉体が成熟したのであろう。弾力のある肌が、しっとりと汗に湿る。

唇と舌と指先でたっぷりと愛撫し、十八歳の女器を潤すと、京四郎は、己れの肉根をそこへ埋没させる態勢になる。

「待って……あの、お願いがあるの」

瞳も声も潤ませて、朱桃が言う。

「京四郎様のものを……お口で、させて」

「無理をしなくてもよいのだぞ」

「ううん、無理じゃないんだ。京四郎様に気持ちよくしてもらったから、今度は……俺らが京四郎様にお返ししたい」

「お前はよい娘だな、朱桃」

朱桃の頬を撫でた京四郎は、彼女が扱いやすいように仰向けになった。

初めて間近に見る男性器に、朱桃は驚きの表情を隠せない。

おそるおそる手を伸ばすと、そっと茎部に触れてみる。

「熱い……あ、びくんって動いた」

「喰いつきはしないから、安心しろ」

京四郎の冗談に、ようやく、朱桃は緊張が解けたようだ。両手で茎部を握ると、先端に頬ずりする。

「不思議だ──硬いのに柔らかい……石みたいに硬いのに、粘土みたいに柔らかいや……」

それから、玉冠部に唇を押し当てた。ちろちろと舌先を不器用に動かす。

ちょっと不安そうに、

「近所のお沢さんに、こうしたら男の人が悦ぶって聞いたんだけど……」

「うむ、心地よいぞ」

男の言葉に安心したように、朱桃は口唇奉仕を続行した。

客観的に見れば稚拙な愛撫だが、快感は技術だけから生まれるものではない。

男女の互いの信頼と、愛情の深さからも生まれるのだ。

舐めて、咥えて、吸い、ねぶる朱桃の拙い愛戯を、京四郎は充分に愉しむ。

「京四郎様……俺らのことを嫌いにならないでくれる？」

玉袋を舐めながら、くぐもった声で朱桃が言う。

「嫌いになどなるものか。どうした」

「お…お臀……俺らのお臀を、京四郎様のものにして欲しい……」

耳まで真っ赤にして、朱桃は言った。

「それも、お沢という女に教えられたのか」

いささか驚いて、京四郎は問う。

「だって、男の人を本当に好きになったら、女は三つの操をみんな捧げないといけないって……三つというのは、前の大事なところと、お口と、そしてお臀だって……どうしても一緒になれないのなら、せめて、後悔のないように三つとも捧げるべきだって……言われたんだ」

「そんなに私を好いてくれるのか」

「うん。だから、京四郎様に、お口とお臀の操を捧げるために、朱桃は家を飛び出して旅に出ました。里見家にかかわりのある房州に来たら、会えるんじゃないかと思って……あそこで会えた時は、本当に嬉しかったよぅ……」

朱桃は泣きべそをかく。

「泣くな、朱桃」京四郎は微笑して、

「そのままで、臀をこちらに向けるのだ。うむ……そうだ」

互いに逆向きになる〈相舐め〉の態勢になると、京四郎は、臀の谷間の奥に隠されていた朱色の窄まりを、丁寧に愛撫した。その強烈な快感に戸惑いながらも、朱桃は懸命に巨根をしゃぶりたてる。

(いじらしい娘だ……)

朱桃の排泄孔に舌を使いながら、京四郎はそう考える。

処女を捧げた京四郎を熱愛し、その肉体の全てを捧げ尽くすべく、彼に会えるかどうかもわからないのに、危険な女一人の旅に出たのだ。何という健気さであろうか。

(私は、破華の行為にでき得る限りの誠意をもって挑んだ……だが、私が去った後の女の心までは考えていなかったようだ。私は宝珠を入手すればよい。だが、残された女たちは、どうなる。私を慕うばかりに、他の男に嫁ぐこともせず、生涯を終えるとしたら……何とも罪深いことではないか)

だが、京四郎の敵は奉魔衆だけではない。今日の四人もまた、何らかの目的をもって、彼を狙った。次には、もっと手強い刺客が来るかも知れぬ。

（主家再興を果たす前に、私が敗れることもあるだろう……）

それで、彼は、朱桃の願いを聞き届ける気になったのだ。女の心に足跡を残すのは罪深いことだと思いながらも、死神と向かい合う日々ゆえに、愛しい娘の軀の全てを知りたいという思いも抑え切れない。

やがて、十八歳の括約筋も抵抗なくほぐれてきた。京四郎は、朱桃に自分の腰を跨がせる。そして、真下から朱色の臀の孔を貫いた。騎乗位による後門性交だ。

「……………っ！」

声にならぬ悲鳴を上げた朱桃であったが、その時には、長大な男根の根本までが深々と呑みこまれている。

素晴らしい締め具合であった。特に入口の部分は、煮えたぎる熱湯の環で締めつけられているようだ。

「嬉しい、嬉しいよぅ……京四郎様ァ」

軀を前に倒して、京四郎にくちづけしながら、朱桃は言う。苦痛と悦びと安堵の涙を流しながら、

「これで、俺らの軀は髪一本まで……うぅん、軀も心もみんな、京四郎様のものだからね」

「そうだ、みんな私のものだ」

京四郎も、その唇を吸ってやる。それから、律動を開始した。

四半刻ほどして、初めての後門性交に燃え狂う汗まみれの朱桃の肉体の最深部に、京四郎は愛情をこめて驚くほど大量の聖液を迸らせる……。

三

「や、やめてくださいっ、堪忍して！」

必死で抵抗しているのは、年の頃なら二十二、三の、化粧は控えめだが、切れ長の目とふくよかな唇が印象的な美しい旅装の女だ。

「へへ、いいじゃねえか、姉さん」

「俺たちが二人がかりで、極楽往生させてやるからよう」

街道から外れた繁みの陰で女を押さえつけているのは、下帯一本に袖無し羽織という姿の赤銅色に日焼けした駕籠舁きであった。二人とも三十前だろう。

そばに、商売物の駕籠と息杖が転がしてある。先棒と後棒の二人は、客として乗った女を、この林の中に連れこんだのだ。

「真っ白な肌してやがる、堪らねえなあ」

無理矢理に女の下肢を開いた先棒は、太腿の内側の白さに涎を垂らしそうな顔になる。

「何だ、また、おめえが先かよ」

女の両腕を押さえつけながら、後棒が不服そうに言う。

「先棒ってぇくらいだからな。露払いの毒味役ってわけよ」

「ちぇっ、毒味じゃなくて、初物の味見だろう。早く済ませろよ。こんな美い女は久しぶりだから、俺は漏らしちまいそうだ」

「こ、後悔しますよ、こんなことをするとっ」

手籠にされる寸前の女の瞳に、何か奇妙な光が浮かぶ。

「えらく気の強い女だな、おい」

「よし、よし。今、俺様が引導を……」

先棒が、下帯の脇から赤黒いものをつかみ出した時、

「あがっ」

いきなり、こめかみを息杖でぶん殴られて、先棒は横に転がった。

いつの間にか、彼らの背後に立っていた者が、息杖を拾って殴りつけたのだった。そばには、灯油用の五合徳利が置いてある。

「この野郎、何をしやがるっ！」

後棒が、あわてて近くに転がっている息杖を拾う。

「馬鹿たれ、野郎じゃねえ！　あたしは女だいっ」

その女は、並の男よりも背が高く、手足も長かった。牝の羚羊のように、全身が無駄なく引き締まっている。眉は描いたように一直線で、野性的な顔立ちをしていた。

身につけているのは、すり切れた腰までの短襦袢と、肌に直に巻いた帯、かろうじて秘部だけを隠す小さな逆台形の黒い布だけだ。素腰という下着だ。前後に通した二本の紐だけで、結ぶようになっている。現代でいうバタフライのようなものだ。

形のよい乳房は、短襦袢の襟に半分だけ隠されている。裸足だった。全身が小麦色に日焼けしている。

髪は巻いて束ね、邪魔にならないように頭の上に留めてあった。琉球の女性の髪型に似ていた。磯髷という。

「裏も表もわからねえくらい陽に焼けてるからわからなかったが、何でえ、女の海士か」

素腰と磯髷を見て、後棒は言った。

「聞いたことがあるぞ、館山の和尚ヶ浜には、たった一人だけ女の海士がいるってよ。たしか、菜々とかいう変わり者だ」

こめかみの血を拭いながら、先棒も立ち上がった。過酷な労働で鍛えているだけあって、さすがに頑健である。

館山は、北条領の南に隣接した天領である。無論、ここも元は里見家の領地であった。

「そうだ、菜々様だよっ」

女の海士――海女の菜々は、刀眉を逆立てて、

「おめえらのような街道の壁蝨に、気安く名前を呼ばれたくねえやっ」

「壁蝨とぬかしやがったな」

後棒が目を剝く。

「旅の女を林の中に連れこんで、二人がかりで手籠にしようとする奴らは、壁蝨

か人間の屑に決まってらあ。おめえら、安房の面汚しだ」

「人間の屑だと……もう容赦ならねえ。おい、先棒、このうすらでかい女から叩きのめして、腸が裏返しになるまで嬲りものにしてやろうぜっ」

「言うにゃ及ばねえや、後棒！」

先棒は、下帯の後ろに隠していた匕首を引き抜いた。近くの木の陰に隠れた旅の女は、乱れた裾前を手で押さえて、どうなることかという表情で成り行きをうかがっている。

「来やがれっ」

菜々は息杖を、ぶんぶんと左右に振り回す。毎日、命賭けの潜水作業をしているせいか、女ながら度胸もあるし、喧嘩慣れしていた。

が、荒っぽいことにかけては、街道雲助の駕籠舁きたちは、さらに上手であった。後棒が、ばしっばしっと二、三合、派手に息杖で打ち合うと、

「ほれよっ」

菜々の息杖を受け止めて、そのまま力押しにもちこむ。

「む、む……」

屈強な駕籠舁きに腕力で劣る菜々は、押すことも引くこともできなくなった。

そこへ、脇から先棒が近寄って、さっと匕首を振るう。

「あっ」

肌に傷はつかなかったものの、避けそこねて短襦袢を切り裂かれた菜々は、踏んばりが利かなくなった。

息杖が手から落ちて、臀餅をついてしまう。素腰の密着した股間が、ひどく煽情的だ。

「そらよっ」

後棒が、菜々の左肩を打ち据える。菜々は低く呻いた。無造作に近づいた先棒が、右足で菜々の顎を蹴り上げようとする。

きらり、と何かが陽光を弾いて、先棒の足の指が二本、地面に落ちた。

「痛ててっ！」

匕首を放り出し、血の噴き出す右足の先を両手で押さえた先棒は、地面を転げまわる。

「やられた、後棒っ」

菜々は、右手に一尺ほどの長さの刃物を逆手で構えていた。帯の右側に鞘ごとさしていた海差である。漁師や海士が、鮫やうつぼに襲われた時のために携帯する武器だ。

「ふざけやがって……」

後棒の顔に、本物の殺意が浮かんだ。

「大事な相棒の足を傷物にしやがって、ぶち殺してくれる……その生意気な頭を叩き割ってから、屍姦とやらで責めさいなんで、鴉の餌にしてやるぜ！」

「く……」

菜々は、左肩を強打されたために、右腕しか使えない。しかも、立ち上がる隙もなく、臀餅をついたままだから、すこぶる不利であった。

凶暴な表情の後棒が、息杖を構えてじりじりと迫る。

それを見た旅の女の顔に決意のような表情が浮かび、しゃがんで地面に両手をつけようとした――その時、

「う……何だ⁉」

四

突然、黄緑色の煙のような霧のようなものが、林の中へ漂ってきた。

どこかで、火事や焚き火があったのではない。その気体は独立した塊として、地上四尺ほどの高さに浮かんでいるのである。

筵半分ほどの大きさだ。水に溶けかかった顔料のように、波間に漂う海月のように、ふわふわと後棒に近づく。

まるで、独立した意志をもっているようだ。その内部には、螢が飛び交うように小さな光が幾つも明滅している。

「き、気持ち悪いな、寄るんじゃねえっ」

後棒は息杖で、その黄緑色の気体を叩いた。だが、気体だから何の手応えもない。それどころか、吸い寄せられるように、さらに近づいてくる。

「ひいィっ」

青ざめた後棒の口の中へ、その気体は、するすると侵入する。煙草の煙を吐き出すのを、逆にしたような光景だ。

そして、ついに、全てが後棒の口の中へ入ってしまった。後棒は固められたように、立ちつくす。

「お、おい……どうした、源吉、大丈夫か」

己れの足の痛みも忘れて、先棒が訊いた。

「う……」

ゆっくりと、後棒は顔を先棒の方に向けた。何かを言いたげに、口を開く。

その刹那(せつな)――ごぼっと音がして、そいつの口から大量の血が噴出した。

「ぎゃっ」

相棒の吐いた血を頭から浴びて、先棒は悲鳴を上げる。その血には、半分溶けかかった臓腑(ぞうふ)が混じっていた。

血が噴き出したのは、後棒の源吉の口からだけではない。左右の耳の孔からも、鼻孔(びこう)からも、いや、眼球と瞼(まぶた)の隙間からも噴出していた。

彼の周囲は、血の海だ。そこに、半ば溶解した臓腑の残骸(ざんがい)が浮いている。何という、奇怪極まる死にざまであろうか。

「太孤父(たいこふ)め……」

旅の女が蒼白(そうはく)になって呟(つぶや)いた。

全身の血と内臓を吐き出した源吉は、そのまま、朽(く)ち木のように倒れた。

すると、その口から、とろとろと黄緑色の気体が立ち上り、先棒の方へと流れる。

「やめてくれ、助けてくれぇっ」

あわてた先棒は、這って逃げようとした。が、その左の耳の孔へ、気体は苦もなく流れこむ。

「おお……っ」

凍りついたようになった先棒は、喉の奥から絞り出すように小さく呻く。

その月代に、ぴしっと赤い筋が走った。筋は四方に走り、〈十〉のような形を描く。

一呼吸おいて、その筋から頭蓋骨が捲れ上がって開いた。同時に、真っ赤な血の噴水が噴き上がる。

その血の中には、溶けかかった脳味噌が混じっていた。びしゃびしゃと地面に血と脳の雨が降る。

先棒は、踏み潰された蛙のような姿勢で、倒れ伏した。その頭蓋骨の開花口から、黄緑色の気体が湧き出す。

菜々は、ぱっと立ち上がると、木の陰の女の方へ走った。

「走れるか、あの化物雲から逃げるぞっ」

「ええ……」

気体は、その声が聞こえたように、さーっと予想外の迅さで接近してきた。走り出そうとした二人の前に、回りこむ。

「ちっ」

菜々と女は、反対側へ駆け出そうとする。が、気体は、さらに、その前を塞ぐ。

そして、追いつめた鼠を嬲る猫のように、二人の周囲をふわふわと漂う。

「むむ……くそっ」

菜々は海差を構えたが、それが役に立たないことは、わかり切っていた。どちらが先に、腸や脳を溶かされるのか。二人の顔が、恐怖に歪む。

「――そこを動くなっ」

突如として、着流し姿の浪人者が、繁みの向こうから飛び出してきた。

出雲京四郎であった。

煙管を横咥えにして、左手に枯れた木の枝をもっている。先端には、手拭いが巻きつけてあった。

菜々が置き忘れていた五合徳利をつかむと、その栓を歯で嚙んで引き抜き、中身の灯油を巻いた手拭いにかける。そして、咥えていた煙管で点火した。燃え上がる。松明ができたのだ。

敵の存在を知覚したのか、黄緑色の気体が、京四郎に迫る。それに向かって、京四郎は素早く松明を突き出した。

「………っ！」

気体が悲鳴を上げた。いや、悲鳴を上げたような音がした。松明の火に抉られた部分が、赤黒く変化する。

身悶えするように動きながら、謎の気体は、やってきた方角へ逃げた。すぐに、見えなくなる。

「二人とも大丈夫か」

松明を地面に擦りつけて消しながら、京四郎は菜々たちに声をかける。それから、振り向いて、

「おい、朱桃。もういいぞ」

「はーいっ」

男装娘が、繁みの陰から出てきた。

「あんた……いや、ご浪人さん。よく、あいつの弱点を知ってたな」

菜々が、海差を鞘に納めながら、感心したように言う。彼女の背の高さは、長身の京四郎の耳の辺りまである。

「知っていたわけではない。だが、煙のようなものなら、突いても斬っても無駄

だろうから、有効なのは火か水だろうと思ったまでだ。賭けが成功して、本当によかった」

京四郎は笑いかけて、

「ああ、お前の油を勝手に使ってしまったな。弁償しよう」

「何言ってんだい。命を助けてもらったのは、こっちだぜ。油なんか、また鮑取りに精を出して買うよ」

これも笑って答えた菜々は、顔を背けるようにしている旅の女の肩を、ぽんと叩いて、

「ほら、あんたも礼を言いなよ」

「……………」

が、女は目を合わそうとはしない。

「呉女……どうした、仲間割れか。あれは、奉魔衆の術と見たが」

京四郎は静かに尋ねた。

「お前のせいだ、京四郎！」

旅の女――いや、奉魔衆の呉女は叫んだ。薊と名乗って、京四郎を犯し殺そうとしたが、なぜか〈義〉の宝珠を奪っただけで消えた女である。

「お、お前のために迦楼羅を殺したことを見破られ、あたしは……首領に処刑される前に逃げ出したんだっ」

「なるほど。それで、お前の刺千針の術が効かぬ煙のようなもので、殺そうとしたのか」

「あれは、太孤父の血流雲の術さ。ふん、あたしだって…火術で対抗しようと思ってたんだ」

「何だよ、その言い方はっ」

朱桃が割って入ったその時、突然、京四郎の左手首に巻いた水晶数珠が眩しいほど光り出した。ちりちり……と鳴動する。

その内部には、〈仁・義・礼・智・忠・信・孝・悌〉の文字が浮かび上がっていた。

「こ、これは……」

京四郎、呉女、朱桃の三人は驚いて、一斉に海女の菜々の顔を見る。

「え…何で、みんな、あたしの顔を見るんだ？」

「そなたが……」と京四郎は言った。

「そなたが、七番目の八犬女か」

五

「用意はいいかね、お侍っ」

「うむ。いつでもよいぞ」

出雲京四郎は微笑した。その前髪が、潮風に嬲られる。無腰であった。

彼は、和尚ヶ浜に立っていた。四間ほど離れた場所に、彼の大刀が鞘ごと、垂直に突き立てられている。その横には、旗魚漁に使う銛が立っていた。大刀と銛を挟んで、京四郎と同じくらい離れた位置に、屈強な若者が立っていた。雉呂という名だ。

局部に素腰をつけているだけの裸体だが、小麦色を通り越して褐色に日焼けしている。全身、無駄なく筋肉が発達して、油を塗りたくったように光っていた。裸足である。

彼らを遠巻きにして、卯月村の村人たちが、ずらりと並んでいた。その中には、心配そうな顔をした朱桃と菜々もいる。朱桃は、京四郎の脇差を抱いていた。

真昼の太陽が浜を焦がし、砂が白く光っている。波の照り返しも強烈で、目がくらみそうだ。

「ゆくぞっ」

雉呂は叫んで、砂を蹴った。京四郎も駆け出す。雉呂は素晴らしい速さで、銛に迫った。

が、砂地には不慣れなはずの京四郎も、負けてはいない。二人は、ほぼ同時に、得物に辿り着いた。

雉呂が先に銛の柄をつかんだ。そのまま上へ引き抜くのではなく、斜めに倒すようにする。銛の柄の端で、大刀の鞘を打つ恰好になった。大刀は、二間ほど先に吹っ飛ぶ。

「卑怯者っ」

朱桃が叫んだ。

「せいっ」

突き出された銛を、京四郎は跳びさがりながら、かろうじて避けた。が、そのために、さらに大刀から遠くなる。無論、そうなるように、雉呂が仕組んだのだ。

「いくらお侍でも、素手じゃ勝ち目がねえぜっ」

雉呂は白い歯を見せて、嗤った。それを聞いた朱桃が、脇差を抱いたまま走り出そうとする。その肩をつかんで、菜々が止めた。

「待て、もう少し待っとくれ」

「京四郎様は、あんたのせいで……」

朱桃は、自分よりも遥かに背の高い海女を睨み上げる。

「わかってる。済まないと思ってるよ」

菜々が第七の八犬女とわかると、呉女――薊は、江戸で奪った〈義〉の宝珠を京四郎へ放って、「これで貸し借りなしだからね」と言い捨てると、風のように走り去った。

何が何だかわからず呆然としている菜々に、卯月村の方へ歩きながら、京四郎は里見家の埋蔵金と八犬女のかかわり合いについて説明する。脇から、朱桃も、彼の言うことが本当だと保証した。

全てを聞き終わった菜々は、少しの間考えてから、こう言った。

「命の恩人なんだから、あたしみたいながさつな女の操でよかったら差し上げますよ。でも……その前に、村の者と勝負してもらわないと」

鮑は、先史時代の各地の貝塚からも貝殻が発見されることからわかるように、古くから日本列島の住民に食されていた。奈良時代に、安房国から干し鮑が貢納されたという記録もある。

安房国館山の卯月村は、鮑取りと旗魚漁の村だ。だが、西日本とは違って、鮑取りは、ここでは男の海士の仕事である。

そこで、腕のよい海士であった父を亡くした十二歳の菜々が、見様見真似で鮑取りを始め、八年後の今では、村一番の鮑取りになってしまった。

犬が垣根や塀のくぐりを通り抜けるように、狭い割れ目からも鮑を上手に取る彼女に、〈犬くぐりの菜々〉という異名さえついた。

面子を潰されたのは、海士たちだ。彼らは、村長の善波に掟破りだと抗議し、どうしても菜々が海女を続けるのなら、誰かの女房にしてくれと主張した。

今までの慣習からすれば、彼らの言い分はもっともだったので、善波は、村一番の旗魚獲りである雉呂と夫婦になるか、それとも他の女たちのように海草採りだけをするか、どちらかを選べと菜々に迫った。

かつて自分を「生まれぞこないの男女」と罵った雉呂に嫁ぐ気には、到底なれない。

村を捨てることすら考えた菜々であったが、館山に朝一番で取った鮑を売りに行き、灯油を買った帰り道に、奇怪な事件に遭遇し、京四郎と会ったというわけだ……。

「どうした、逃げるだけかっ」

銛を繰り出しながら、勝ち誇ったように雉呂が言う。

その彼から距離をとった京四郎は、帯を解いた。着物と肌襦袢を脱ぎ捨てて、下帯だけの裸体となる。

「はっはっは、俺と同じ恰好になったからって勝てるわけじゃないぜ」

嘲笑(ちょうしょう)した雉呂の顔色が変わった。京四郎が、解いた帯を捕縄(とりなわ)のように投げつけたからだ。そいつは、生きものみたいに銛に巻きつく。

帯を引っ張られた雉呂は、銛を取られまいと踏ん張った。その途端(とたん)、京四郎は帯から手を放した。

「わわっ」

雉呂は、まともに後ろに引っくり返った。あわてて起き上がり、銛に巻きついた帯を引き剥(は)がす。その時には、大刀を拾った京四郎が、目前に迫っていた。

銛を投げつけるような余裕はないから、相手の喉頸めがけて諸手突きで繰り出す。が、その瞬間、京四郎の姿が消えた。

「っ!?」

仰天した雉呂の喉元に、京四郎の白刃が突きつけられる。前のめりに倒れこんで銛を避けた京四郎は、そのまま一回転して雉呂の脇に出ると、抜刀したのである。

「――どうする」

「ま、参った……降参だ、お侍」

顔面を引きつらせながら、雉呂が言う。

朱桃と菜々が歓声を上げた。村人たちも、あまりにも鮮やかな京四郎の勝利に、賞賛を隠さない。

「降参には条件がある」

「何だ?」

「菜々に詫びるのだ。生まれぞこないと言ったことを、な」

「……わかったよ」

京四郎が大刀を引くと、雉呂は、がっくりと砂浜に膝をついた。

六

藁葺き屋根の海女小屋は、四畳半ほどの広さであった。

竹と廃材で骨組みを作り、古莚を壁にした簡単なものだ。真ん中に囲炉裏を切り、その周囲には竹を縦に割った簀の子を置き、簀の子の上に茣蓙を敷き詰めてある。

京四郎は、下帯一本の姿で囲炉裏の脇に立っていた。菜々は、その前に跪いている。囲炉裏の黄色い火に下から照らし出された京四郎の裸体は、筋骨の盛り上がりが強調されて、陽光の下で見るよりも逞しさが増しているように思える。

下帯の膨らみを見つめる菜々の頬が赤らんでいるのは、先ほど二人で飲んだ濁酒のせいだけではあるまい。

「こ…これを取るよ。いいね」

「うむ」

京四郎が頷くと、菜々は意外に細い指で下帯の上から男の膨らみを撫でて、熱い吐息を洩らした。そして、彼の白い下帯を取り去る。

下腹部の密林の中から、だらりと垂れ下がった肉根は、その状態で普通の男性の勃起時に等しい寸法であった。どす黒い。

「巨きいんだね……」

かすれたような声で、二十歳の菜々が言う。瞳が濡れていた。

男の海士は素腰で局部を保護しているが、他の漁師たちは老いも若きも、男性器に虫刺され防止の藁を巻きつけるくらいで、ほぼ全裸で仕事をしている。だから、漁師村の女たちは皆、男のものなど見慣れていた。

が、この京四郎の男性器は、菜々が見たこともないほど巨大なのである。

「本当に……巨きい」

そう呟きながら菜々は、ほとんど無意識のうちに肉根に頬ずりしてしまう。まだ男性体験のない処女としては、かなり大胆な行為であった。

そして、先端に唇を押し当てる。呑んだ。開放的な漁師村では、夫婦が行なうのに戸を閉めたりしないから、このような愛戯があることを菜々は知っている。

「んぅ……」

茎部の中ほどまで、咥える。が、その先をどうしていいのか、生娘の菜々にはわからない。すると、それを察したように、京四郎は右手を彼女の後頭部に添えた。菜々が噎せない程度に、腰を、ゆっくりと前後に動かす。海女の唇の中に、黒い肉根が出没する。

「舌を絡めるのだ」

菜々は、言われた通りにした。男の引き締まった臀部を両手で撫でながら、根元まで男根を呑み、舌を使う。自然と、喘ぎ声が洩れた。

夜の潮騒を聞きながら、京四郎は、菜々の口唇奉仕を愉しむ。

彼女の口の中で、男根は次第に体積を増してゆく。太く、長く、硬く、熱く、唾液に濡れて茄子色に光っている。まさに、巨根である。

「凄い、凄いよぅ……」

ついに呑み切れなくなって、菜々は、そそり立つ巨砲の茎部に舌を這わせた。根元に垂れ下がった重い玉袋も、愛しげにしゃぶる。

春先の潜りは寒い。午前中の潜りが終わると、菜々は海女小屋に帰り、火にあたる。火にあたりながら、大きな声で童歌や舟方歌を唄う。唄っているうちに、冷えていた軀が温まり、汗をかく。

この状態を「軀に火が入る」と表現する。血液の循環が活発になって、筋肉がほぐれるということであろう。

火が入らないまま、午後の潜りをすると、頭痛がしたり耳が痛くなったりする。風邪をひいたまま潜ると、最悪の場合、海中で鼻血が出るという。

今――菜々の軀には「火が入っ」ていた。

「京四郎さまァ……」

長身の海女は、幼児のように甘ったれた声で懇願する。

「頭の中が燃え上がって、心の臓が破裂しそうだよぅ……どうにかして」

「横になるのだ」

「はい……」

菜々は莫蓙の上に仰向けになった。京四郎は、彼女の右側に横たわると、その唇を吸って、短襦袢と素腰を剝ぎ取った。そして、小麦色の全身を愛撫する。

「あたし……女かい？」

「女だとも。素晴らしい軀だ」

京四郎がそう言うと、菜々は、ほっとしたように目を閉じた。

やがて、十分に前戯を尽した京四郎の軀が彼女の上に重なる。ぎしっ……と簀の子が鳴った。

七

菜々の体内から転がり落ちた宝珠は、〈悌〉であった。

夢のような初体験にうっとりとしている菜々に、さらに後戯をたっぷりと施して満足させてから、身繕いをした出雲京四郎は、海女小屋の外へ出た。

深夜である。鎌のように細い月が出ている。

一町ほど離れた砂浜で、朱桃が待っているはずであった。菜々と一晩中、一緒にいてやりたいが、朱桃の気持ちも考えてやらねばならない。頭の中で、自分が愛している京四郎と海女の閨事を想像しながら待つのは、さぞかし辛かろう。

「む……」

京四郎の顔色が変わった。約束の場所に男装娘の姿はなく、小石の下に折り畳まれた文が置かれている。それを開いた京四郎の顔が、さらに険しくなった。

娘を人質にとったので、州崎の先端の天狗岩のところまで来い——という内容であった。署名はない。

（太孤父なのか……あの化物雲を操る奉魔衆の太孤父が、朱桃を……）

文を懐に突っこんだ京四郎は、州崎の先端に向かって足早に歩く。この男には珍しく、怒りのために、こめかみに血管が浮かび上がっていた。

州崎の突端、高い断崖の手前に大きな松の木があり、その根元に小屋ほどもある巨岩が転がっている。松の幹に、人間が縛りつけられているのが見えた。

「朱桃！」

「京四郎様ァっ！」

駆け寄ろうとした京四郎は、巨岩の陰から一人の男が出てくるのを見た。

旅姿の四十くらいの武士である。巨岩が動き出したかと思われるほどの、凄い威圧感だった。

「許せ、出雲京四郎」武士は言った。「人質をとるような真似はしたくなかったが、是非(ぜひ)とも、そなたと立ち合わねばならぬのでな」

「立合所望(しょもう)なら、まず人質を解放して名乗るのが礼儀だと思うが」

「これはしたり……」

苦笑して、脇差を抜いた武士は、朱桃を縛ってある縄を切断した。朱桃は、弾かれたように駆け出して、無言で京四郎に抱きつく。

「わしは、柳生六郎兵衛(やぎゅうろくろべえ)と申す」

「何と……尾張(おわり)柳生の総帥(そうすい)か」

新陰流(しんかげりゅう)の始祖(しそ)は、上泉伊勢守信綱(かみいずみいせのかみのぶつな)である。二世宗家(そうけ)が柳生石舟斎宗厳(せきしゅうさいむねよし)。三世宗家が、石舟斎の長男・巌勝(としかつ)の次男である兵庫助利厳(ひょうごのすけとしよし)である。

それとは別に、石舟斎の五男の但馬守宗矩(たじまのかみむねのり)が柳生新陰流を名乗り、将軍家指南(しなん)

役にまで出世した。一方の兵庫助は、尾張藩の初代藩主・徳川義直の剣術指南役となる。

ここに、尾張柳生と江戸柳生という二つの流れが生まれたのだ。

そして、今——京四郎の眼前にいるのが、兵庫助から数えれば八世となる尾張柳生宗家の柳生六郎兵衛巖儔なのである。

「すると、昨日の四人の刺客は……」

「わしの門弟じゃ。お主の太刀筋をたしかめるための犠牲になってもらった。忠義の者たちであったよ」

「近くに、人の気配はなかったはずだが」

「近頃では、こういう物がある」

六郎兵衛は、懐から遠眼鏡を出して見せた。

「南蛮道具でな。半町先からでも、目の前のように見える」

「なるほど……」

京四郎は、掌が汗ばむのを感じた。

「だが、あなたほどの腕前なら、私の太刀筋をたしかめる必要などなかったのでは」

「念には念を入れすぎて、悪いということはない。それに、これはただの立合ではない。そなたの懐にある宝珠を手にして、里見家の遺宝をいただくのだ」

「なぜ、それを知っている！」

「ふふ……奉魔衆とかいう者どもよりも前に、いや、ずっとずっと前に、わしはそれを知っていた。だが、説明することもあるまい。この場で、そなたは絶命するのだから」

「あなたほどの剣客が、金欲しさに門弟を犠牲にするのか……」

朱桃をそっと押しやりながら、京四郎は問う。

「これは、私利私欲にあらず。何事も主君のため、主家のためじゃ」

「尾張藩のため……？」

「出雲京四郎――」

ゆっくりと大刀を抜いて、柳生六郎兵衛は言った。

「剣の極意は先の先とか後の先を取るとかいうが……あれは誤りだ」

正眼に構える。

「……」

京四郎も無言で大刀を抜いた。

「剣は、ただ速ければよい。相手がかわすことも受けることもできないほど速ければ、必ず我が方の勝利となる。薩摩の示現流では、稲妻の速さで打ちこむことが極意だという。だが、わしは長年の修行の末、稲妻をも凌ぐ剣を会得した」

「………」

京四郎は右八双に構える。背中に、冷たい汗が流れるのがわかった。

「名付けて、神速の剣……見事受けてみせるか、京四郎っ！」

六郎兵衛の動きは見えなかった。気づいた時には眼前に迫っていた。

金属音が響いて、岩が激突したような衝撃が両手に伝わったから、相手の打ちこみをかろうじて受けたのだと思うが、目には見えない。反射的に軀が動いたのだ。

左肩に冷たい衝撃が走って、京四郎は倒れた。左腕に血が流れ落ちる。斬られたのだろうが、その太刀筋が全く見えない。

「京四郎様！」

朱桃の悲鳴が上がった。

「来るなっ」京四郎は叫ぶ。

「近寄ってはならんぞ、朱桃っ」

六郎兵衛は間合をとって、

「立て、京四郎。そなたほどの兵法者が、倒れたまま死ぬのは無念であろう」

京四郎は立ち上がった。左腕には力が入らない。右手だけで、大刀を正眼に構える。

（どうやってかわす、どうやって受ける……見えぬ剣を！）

絶望の苦汁が、喉の奥からこみ上げてきた。胃の腑が焼けるように熱い。

じりじりと動いて、両者は互いの位置を変えた。京四郎は断崖を背にしてしまう。これで、避けることは、さらに難しくなったわけだ。

「参るっ！」

柳生六郎兵衛の軀が、視界いっぱいに広がった——と思った瞬間、とてつもない衝撃とともに、何も見えなくなった出雲京四郎の軀は、暗黒の奈落の底へと落ちていった……。

第四章　八犬女変化

一

江戸——外神田・昌平橋の近くにある桟橋に猪牙舟を着けると、まず、男装娘の朱桃が陸に上がった。

野州宇都宮の太鼓師の娘である朱桃の方が、町というものを房州館山しか見たことのない海女の菜々よりは、遥かに世慣れているからだ。

陰暦六月下旬の午前中の陽射しは、堪らぬほど強く、木陰で涼んでいた空き駕籠があった。

二人の駕籠舁きは、半纏に腹掛けに木股という恰好をした娘を不思議そうに眺めたが、多めの酒代を前渡しされると、途端に恵比寿顔になって、

「吉祥寺の近く？　そりゃあもう、これだけいただいたら、唐天竺までも突っ

走りますよっ」

土堤を下りて、猪牙舟に横たわっている出雲京四郎を上まで運ぶことさえ厭わなかった。二人の駕籠舁きに、そっともち上げられた京四郎は、晒しを巻いた左肩の傷に響いたらしく、小さく呻いて眩しそうに目を開けた。

「……朱桃……菜々……ここは？」

「湯島ですよ、京四郎様っ」

「江戸へ着いたんですっ」

朱桃と菜々が勢いこんで言うと、

「そうか……」

消えるように呟いて、また目を閉じる。着痩せして見えるが実は鍛え抜いた筋肉の塊である京四郎を、駕籠舁きたちは苦労して土堤の上まで運び、自分たちの駕籠に乗せた。

そして、駕籠を担いで陽気な掛け声とともにリズミカルに走り出す。腰に徳利を下げ帯に薪を挟んだ朱桃と菜々は、その前後について、走る。二人とも疲れきっているが、吉原遊郭へ行くお大尽ではあるまいし、三挺立ての駕籠では目立ちすぎるからだ。

――里見家再興のために八個の宝珠を集めている出雲京四郎は、七番目の八犬女である菜々と契り、七個目の宝珠を入手した。が、その直後に、これも八犬女の朱桃を人質にとられて、尾張柳生の総帥・柳生六郎兵衛巌儔と立ち合うことになる。神速の剣を遣う六郎兵衛は無類の強さで、京四郎は左肩を斬られ、断崖の突端に追いつめられて、そこから海へ転落した。

意識を失って海に沈んだ京四郎を助けたのは、余人の及ばぬ潜水能力をもつ菜々であった。柳生六郎兵衛の目の届かぬ所から岸へ上がると、海女小屋に京四郎を隠し、簡単な血止めをした。

そして、半狂乱になって彼を捜している朱桃を見つけると、二人で京四郎を漁舟に乗せて、真夜中の海へと漕ぎ出したのである。陸にいては、六郎兵衛に見つかる怖れがあるし、もう一つの敵である奉魔衆に襲われるかも知れないからだ。

舟に乗せる時に京四郎は、「江戸……駒込の吉祥寺……その裏手の庭に一本松のある屋敷が、万一の場合の隠れ家になっている……そこへ……」と告げて、再び意識を失った。

その言葉を頼りに、菜々と朱桃は交代で櫓を使う。漕いでいない方は、出血で体温の下がった京四郎の軀を抱きしめて、温めた。太鼓打ちとして修業して、並の男に負けないほど筋肉が発達した朱桃だからこそ、菜々と一緒に徹夜で漕げたのであった。

夜明けに、江戸川の河口に入って、成田街道の起点である行徳の船場に着いた。

成田山新勝寺へ詣でる人々のために、日本橋の小網町から行徳まで、多いときには六十隻もの連絡船――行徳船が出ている。それに、行徳は関東一の塩の産地でもある。だから、行徳には旅籠も本格的な料理茶屋もあり、たいそう栄えていた。

そこで、たっぷりと口止め料を払った外科の医者に京四郎の傷の手当てをしてもらい、半裸の菜々のために古着を買い求めた。海女の恰好で江戸をうろついたら、あまりにも目立ってしまう。草鞋も買った。

京四郎が潤沢な旅費をもっていたので、非常に助かった。漁舟を売って、猪牙舟を買うこともできたのだ。

旅籠に宿泊して安静にしているのが一番なのだが、兄妹でもない男装娘と海女が重傷の浪人者と泊まったりしたら、役人に通報されるに決まっている。

食事をして少しの休息の後に、菜々と朱桃は再び交代で櫓を使いながら、行徳から新川、中川、小名木川を通り抜け、万年橋をくぐって大川に出た。

その大川を遡って神田川へ入り、そこで、ようやく上陸して、駕籠に乗り換えたというわけだ。行徳からは一刻半ほどかかっている……。

藍色に晴れ渡った真夏の空の下、京四郎を乗せた駕籠は、加賀家の上屋敷と本多家の下屋敷の間の通りを北上する。

伴走する二人は、汗が滝のように流れていた。男装の朱桃はともかく、女の形をした菜々が着物の裾をからげ、赤銅色の内腿まで見せて走る姿に、道を行く男たちが無遠慮に好奇の視線を浴びせかける。

さすがに、白山神社の門前町の掛け茶屋で一休みした。菜々も朱桃も頭に水を被り、ぬるい茶で水分をたっぷりと補給しただけでなく、塩も摂取する。

白山前の五叉路を北へ向かい、諏訪山吉祥寺に至った。本尊は釈迦如来、開山は青巌周陽禅師である。

その裏手は農地と雑木林だ。門前の花屋の老婆に訊くと、一本松のある屋敷は、裏の林を抜けたところだという。

雑木林の中の道に入ると、右手は斜面になっていて、道とは二間ほどの落差があった。陽射しが遮られたのが、有り難い。

木々の間を吹き抜ける風に、朱桃たちだけではなく、駕籠舁きたちも、ほっとして頰を緩めた――と、その時、

「あっ、出やがった！」

菜々が叫んだ。

二

菜々が指を差した方から、黄緑色の煙のような霧のような気体が、地上四尺ほどの高さを、ふわふわと流れてくる。筵半分ほどの大きさだ。

奉魔衆の一人、太孤父が操るという血流雲である。

「な、何だ、ありゃあっ？」

「化物だっ」

二人の駕籠舁きは顔色を失い、とんでもないことに駕籠を放り出して逃げた。

駕籠は斜面を転がり、重傷の京四郎の軀は下の地面に投げ出される。

「京四郎様！」

菜々は、斜面を下りて助けに行こうとしたが、

「姐御、火が先だっ」朱桃が止める。

彼女とて、京四郎を抱き起こしに行きたい気持ちは菜々に劣るものではないが、目前の敵を何とかしなければ、みんな共倒れだ。

「お、おうっ」

菜々も朱桃に倣って、あわてて腰の薪を引き抜き、襤褸布を巻きつけた先端に徳利の油をかける。薪も油も、この血流雲対策に用意しておいたのだ。

その間に、血流雲は逃げ出した駕籠舁きの先棒に襲いかかった。耳の孔から、彼の内部に侵入する。

「うげ……お、おお……」

全身を震わせた先棒の腹が真っ二つに裂けると、そこから大量の血が爆発的に噴出した。その血液には、溶けた内臓や肉や骨が混じっている。

血流雲は、生きものの肉体を内側から溶解させてしまうという恐るべき殺人気体なのだ。

「ひ……」

相棒の血を浴びた後棒は、あまりの驚愕と恐怖に、腰が抜けて座りこんでし

まう。

その、ぽかんと開いた口から、血流雲は易々と侵入した。あわてて、後棒は口の中に指を入れて、悪酔いの時の要領で血流雲を吐き出そうとする。

が、その時には、すでに魔の気体は彼の肉体を侵食していた。下顎が、ずるりと溶け落ちてしまう。

そして、剝き出しになった喉の奥から、ぶくぶくと血の泡が噴き出したと見るや、龍吐水のようにどす黒い血を大量に噴いて、その駕籠舁きは息絶えた。

二人を始末した血流雲は、朱桃たちの方へ向かってきた。その時には、二人とも火打ち石と鎌を使って油を吸った襤褸布に火をつけて、松明を作り終えている。

「こいつめっ、こいつ！」

「くそ、素早い奴だっ」

朱桃たちは松明を振り回すが、血流雲は燕のように巧みに、その攻撃をかわす。一度、京四郎に松明でやられかけたことがあるから、ちゃんと警戒しているのだ。

一方、斜面の下では――京四郎が大刀を杖にして、ようやく立ち上がっていた。

その大刀は、気を失って海に落ちても手放さなかった村雨丸である。八犬女の美姉妹・お咲とお藤の実兄である真桑利大記から譲られた、天下の名刀だ。

「どこかに……どこかに、太孤父の本体がいるはずだ……」

奉魔衆から抜けた呉女——すなわち、薊の話では、血流雲は、太孤父の肉体から抜け出したもので、その意志のままに活動するのだそうだ。その間、太孤父の肉体は仮死状態で動けないので、安全な場所に隠れているという。

血流雲を倒すよりも、その本体の息の根を止めるべきなのだ。

（早くしなければ、朱桃たちが殺されてしまう……あの二人を死なせるわけにはいかぬ……）

京四郎は、血走った眼で周囲を見回した。そばに、一抱えもある銀杏の大木がある。

平常時の彼ならば、神経を研ぎ澄ますことによって、不審な気配を察することができよう。だが、ようやく傷口こそ塞がったものの、大量の出血で体力も気力も削ぎ取られている今は、何もわからない。

京四郎は一歩前に踏み出したが、力なく、よろけてしまう。その軀を、脇から支えた者があった。

「お前は……！」

「だらしないね、なんて様だいっ」

憎まれ口を叩いたのは、袖無し裾短な鼠色の忍び装束に身を包んだ薊であった。

「こんな男のために仲間から裏切り者扱いされたんだから、厭になっちまうよ」

そう言いながらも、しっかりと京四郎を助けてやっている薊であった。左手に松明をもっている。

「どうして、ここに……？」

「海女小屋の裏で隠れ家のことを立ち聞きしたんで、馬を盗んで江戸へ先回りしてたのさ」

そこまで言った時、朱桃と菜々が斜面を駆け下りてきた。その後を、血流雲が追ってくる。

「こら、何をしてるっ」

「京四郎様から離れろ！」

血相を変えて叫ぶ二人に、

「うるさい！　死にたくなけりゃ、ここに来て、あたしと背中合わせになれっ」

京四郎と薊に、戸惑いながらも朱桃と菜々が背中合わせになることにより、血流雲の攻撃に対して、ほぼ死角はなくなった。

が、このままでは、どうにもならない。血流雲は、松明の火の届かぬ距離で、四人の周囲を回っている。

「畜生、この近くに太孤父は身を隠しているはずなんだが……」

薊も歯噛みする。松明の火が尽きたら、おしまいなのだ。

と、突然、京四郎が杖にしている大刀から唸り声のようなものが発せられた。

鞘の中で、刀が振動しているのだ。

「鳴いている、村雨丸が鳴いている……」

驚いた京四郎は、それを抜刀した。波紋が波を打つ如く、村雨丸は木漏れ日を散らしながら、震えていた。

「そうかっ」

叫んだ京四郎は、村雨丸を銀杏の大木に突き刺した。その部分から、鉄砲水のように勢いよく水流が噴き出し、にわか雨のように周囲に降り注ぐ。

その雨をまともに被った血流雲が、縮み上がったように空中で動きを止めた。

その血流雲の下に、きらきらと細く光る糸のようなものが垂れ下がり、その光る糸は三間ほど先の灌木の手前の地面の中へと続いている。

「そこかっ」

薊が打った棒手裏剣が、その地面に深々と突き刺さる。

「ぐあっ！」

土塊をはね除けて、一枚布を軀に斜めに巻きつけた伎楽面の男が、穴の中から飛び出してきた。その右肩に、棒手裏剣が突き刺さっている。

間髪を入れずに、飛び出した京四郎が、銀杏の木から抜いた村雨丸を一閃させた。縦に長い頭部と白い眉毛と髭を貯えた太孤父は、固められたように動きを止める。

「呉女……やはり裏切ったか……犬めっ！」

喉の奥から絞り出すように憎々しげにそう言った、次の瞬間、その胴体に真一文字に血の線が浮かんだ。

そして、太孤父の上半身が、どさっと地面に転がる。少し遅れて、下半身も倒れた。

腹腔の中に詰めこまれていた内臓が、大量の血とともに地面に流れ出し、未消化物の悪臭が周囲に広がってゆく。その時には、血流雲も消滅していた。

水に濡れて初めて見えた細い糸のようなものが、太孤父と血流雲を繋ぐ緒だったのだろう。

「京四郎様っ」

「京四郎！」

よろけた京四郎を、朱桃と菜々と薊の三人が、支える。

「村雨丸は、抜けば刀身に水気を帯びるという伝説がある……どうやら伝説は本当だったようだ……」

「しっかりして、京四郎様、すぐに隠れ家へお連れしますからっ」

朱桃がそう言うと、京四郎の左手首に巻いた水晶数珠が、ちりちり……と鳴動して光り出した。

「こ、これは……？」

その場の全員が驚いた。

この水晶数珠は、体内に宝珠を秘めた八犬女に近づいた時に、このように鳴動する。しかし、朱桃も菜々も、京四郎に処女を捧げて〈義〉と〈悌〉の珠を産み落としていた。そして、八犬女は必ず処女であるはずだ。すると……。

京四郎と朱桃、菜々の視線は、薊に集まった。その成熟した肉体で数々の男を嬲り、精気を絞り取って殺してきた薊に。

「あたしが……八犬女？　そんな馬鹿な！」

一本松屋敷の中は掃除が行き届いていて、埃っぽいところは少しもなかった。里見家遺臣団に雇われた近所の植木屋の夫婦が、時々、掃除や庭の手入れをしているのだ。

三

朱桃たちは、全ての雨戸や障子や襖を開け放して風を通し、奥の広い座敷に夜具を敷いて京四郎を寝かせる。伏姫の数珠と七個の宝珠は、床の間の三方の上に置いた。


菜々が汲んできた冷たい井戸水を飲んだ京四郎は、

「わかったぞ、薊」

起き上がって、夜具の上に正座した。

「京四郎様、駄目だよ、寝ていないとっ」

あわてて、枕元の朱桃が止めようとするが、

「いや、大事なことなのだ」

青ざめた顔の京四郎がいかめしい口調で言うと、口を噤まざるを得ない。

「さっきの…あたしが八犬女とかいう件かい……」

朱桃たちとは反対側の枕元にいた薊が、不安そうに彼を見る。

「だからさあ、八犬女ってのは生娘なんだろう。だけど、あたしは生娘どころか……それは、お前だってよく知ってるじゃないか」

寺島村の農家で、美男の京四郎を犯すつもりが、逆に彼に主導権を握られて、生まれて初めて女悦の極みを教えられたことを言っているのだ。

驚いたことに、薊の声には、残念さと羞恥が含まれていた。非情で淫奔な女殺し屋のはずなのに……。

「それは、わかっておる」と京四郎。

「下のものを脱いで、そこに腰をつき、足を広げるのだ」

「え……？」

「早くしてくれ」

「………」

戸惑いながらも、薊は立ち上がった。後ろ向きになって忍び装束の帯を解きながら、ふと朱桃たちの方を見る。

朱桃と菜々は顔を見合わせると、決まり悪そうに後ろ向きになった。二人とも、黙って隣の部屋に退くほどには、まだ薊を信用してはいない。

活動性を重視した裾短な袖無し忍衣の下は、緋色の細い女下帯だ。

それを取り去ると、京四郎の方に向き直り、忍衣の裾で前を隠しながら、足をそろえたまま畳に腰をつく。

「足を広げよ、と申したはず」

「こ、こうかい……」

毒で痺れて身動きのできない京四郎の男根を舐めしゃぶり、その上に跨がって自ら挿入した時とは別人のように、薊は両手を後ろについて、おずおずと両足を広げる。

M字開脚した薊の秘部は、豊かな恥毛で両脇まで飾られていた。熟れきった肉厚の花弁は濃い紅色で、わずかに口を開いている。

京四郎は、右の中指を薊の顔に近づけると、ぽってりとした肉感的な唇を撫でる。そして、その唇の間に中指を沈めた。

「んふ……」

二十二歳の薊は、考えるよりも先に舌を使ってしまう。京四郎の長い指に舌を絡めて、それが男根であるかのように、しゃぶり、吸った。京四郎もまた、性交のように中指を出し入れする。

そして、するりと中指を抜くと、薊は名残惜しそうに唇を尖らせた。女の唾液で濡れた中指を、京四郎は、花園に侵入させた。濡れている。

「あ……んっ」

内部の庭を撫でられた薊は、思わず目を閉じて下唇を噛む。何かを探すように蠢き回った男の指先が、不意に、どこかをこじあけた。

「うっ」

薊は小さく呻いた。花孔でも小水の排泄孔でもない、もっと別の未知の部分に、指先が埋められたのである。

「済まなかったな」

中指を抜き取った京四郎は、懐紙で指先を拭って、

「やはり、そうであった。薊、そなたは双孔の女なのだ」

「双孔……？」

閨事指南の浅乃が、寝物語に京四郎に教えてくれた性の知識によると――普通、男のものを迎え入れる女器の孔は一つだけだが、稀に二つの孔をもつ女がいるという。

月のさわりには、両方の孔から経血を流し、どちらの孔ででも男を迎えること

ができる。そして、処女の肉扉もまた、両方の孔に存在する――というのだ。

現代の医学では、これを完全重複子宮という。

子宮は通常、洋梨(ようなし)を逆さにしたような形をしている。全女性の五パーセントは、普通ではない形状の子宮をもつといわれているが、だからといって、妊娠出産に直接的な影響があるとは限らない。

たとえば、完全重複子宮は、ギリシャ文字の〈ω(オメガ)〉を逆さにしたような形で、膣口(ちっこう)も二つあり、そのどちらでも性交も妊娠も可能なのだ……。

日本でも一九八〇年代に、「分離重複子宮と認めます」という医師の身体検査書付きでAVデビューした女性がいる。

また、二十三歳の英国人女性が二つの子宮で同時に妊娠し、帝王切開で無事に三つ子姉妹を出産した――という実話もある。英国では双子宮は女性千人に一人の割合で発生するが、三つ子の出産例は世界でも初めてだという……。

薊が、奉魔衆の呉女として数多くの男たちと交わってきた花孔とは別に、もう一つの花孔、もう一つの子宮があり、そこに宝珠が眠っているのだろう――と京四郎は説明した。

「少し小さいが、こちらから見て、今までの入口の左側に、第二の入口がある。

そこには、生娘の関門もあるようだ」

「つ、つまり……あたしはまだ、半分だけ生娘ってこと？」

信じられないという表情で、座り直した薊が聞く。

「うむ。私が最初にそなたに会った時には、迦楼羅の断末魔の毒によって、伏姫の数珠が働かなくなっていた。二度目に会った時には、菜々が一緒だったので、てっきり菜々のために反応したのだと思った。だが、あの時の数珠の輝きは、それまでとは違って眩しいほどであった。それもそのはず、八犬女が二人いたから、輝きも二倍になっていたのだろう……私は、毒の影響で数珠の働きが不安定だからと思っていたのだがな。先ほども、血流雲を倒した後で、ようやく数珠が働き出したというわけだ」

あまりにも意外な話に、朱桃たちも唖然としている。

「薊、そなたこそは八番目の八犬女だ」

京四郎は夜具から下りると、薊の前で両手をついて、

「頼む。私に、そなたの操をくれ。この通りだ」

深々と頭を下げる。

「何を言ってるんだよ、京四郎様っ」

「そんな軀で…あれをしたら、死んでしまうよっ」

朱桃と菜々が、ほぼ同時に叫ぶ。

「止めないでくれ、主家再興のためだ。もしも私の命が尽きるとしたら、是非とももその前に八個の宝珠だけは集めておかねば、武士の一分が立たぬ」

「でも……」

「夫でも許婚でもない私が、世間の誹りを覚悟でそなたたち八犬女の初穂を摘んだのは、何のためだ。幕閣の政争の側杖で罪なくして取り潰された里見家を再興するという、武士として最も崇高な目的のためではないか。ここで挫折したら、今までの苦労は水泡に帰す。死ぬのなら、私を武士として死なせてくれ」

「――京四郎様」

衣服を整えた薊は、これも両手をついて神妙に、

「あたしの方から、お願いします。こんな血に染まった女の操でよろしければ、どうぞ、お好きになさってくださいまし」

「済まぬ……」

血の気を失った京四郎の目には、涙が滲んでいる。それを見て、朱桃たちも止め立てすることは到底、不可能だと悟った。

全裸になり夜具に横たわった薊に、京四郎は丁寧(ていねい)な愛撫(あいぶ)を施(ほどこ)してゆく。心配で枕元を離れられない朱桃と菜々は、必然的に、それを目撃することになった。八犬女の印(しるし)である花園の黒子(ほくろ)は、珍しいことに、内部粘膜(ねんまく)の第一の花孔の右斜め下にあった。豊かに潤(うるお)った薊に覆(おお)い被さると、京四郎は、意志の力で屹立(きつりつ)させた己(おの)れのものを第二の花孔にあてがい、腰を進めた。

「ひっ……！」

薊の背中が、弓のように反り返る。小さめの花孔を、彼の巨砲が押し広げる苦痛は、並ではないのだろう。

朱桃は思わず、彼女の右手を握りしめてやった。その手を握り返した薊は、苦痛に耐(た)えながら、感謝の瞳(ひとみ)で朱桃を見る。朱桃も微笑して、無言で小さく頷(うなず)いた。

さすがに京四郎も、それ以上、技巧を凝らす余裕はなかった。極めて短時間で、射出する。

そして、鮮血の滲む花園から、薊が見事(みごと)に〈仁(じん)〉の宝珠を産み落としたのを見届けると、そのまま気を失った。

「京四郎様っ！」

三人は愕然(がくぜん)としたが、彼の顔には血の気が戻り、安らかな寝息すら立てていた。

朱桃たちは、ほっとする。

と、その時、

「ごめんくださいまし」

玄関の方から、遠慮がちに声がかかった。女の声であった。

四

「ああ……御前様……もう、お許しを……」

切なげに訴える腰元の股間を眺めながら、牧田景斎は、にたにたと好色な笑みを浮かべる。

「何を申すか、音音。その腰のふらつきは、どうしたことだ。それでも武家の娘か。しゃんとせい。それ、次は、ちの字じゃ」

牧田景斎は、前の京都所司代で丹後田辺藩三万五千石の隠居である。年齢は六十八歳で、この時代では高齢の部類だが、すこぶる達者で歯も全て自前だ。

すでに夜更けである。そこは、麻布の田辺藩下屋敷の中にある隠居屋敷の座敷だ。

今、白い肌襦袢姿の牧田老は色鮮やかな犬紐を手にしていた。その紐は、音音と呼ばれた腰元の首に巻かれている。御殿髷を結った腰元は、犬紐以外は一糸まとわぬ裸体であった。

座敷に広げられた畳ほどもある大きな紙の上に、二十歳の音音は爪先立ちでしゃがみこんでいる。ちょうど、排泄の時のスタイルだ。そして、剃り落とされた無毛の女の部分から、太い筆が顔を出している。

紙には、「いろはにほへと」の七文字が、酔っぱらった蚯蚓が這ったような乱れた字体で書かれている。つまり、音音は、花孔に挿入された筆を括約筋で締めつけながら腰を回して文字を書くという、淫らな責めを受けているのだった。

臀文字という言葉があるが、これはさしずめ秘唇文字とでもいおうか。

「辛うございます、わたくし……羞かしくて……」

「黙れ、主人の命令に逆らう気か。今宵は、いろは四十八文字を書けば許してやると申しておるではないか。さ、ちの字から続きを書くのじゃ」

「は、はい……」

羞じらいに頬を染めつつ括約筋を締めて、音音は臀を蠢かす。括約筋の収縮によって、灰色をした臀の孔も窄まっていた。

「うむ、うむ……その調子だ」

上機嫌で腰元の股間を覗きこんでいた牧田景斎は、ふと難しい顔になって、

「待て。ちと、後架へ行って参る。そのままでおれ、よいな」

「はい……」

奇妙なことに、音音は、羞恥の行為を中断させられて、いささか残念そうな表情になった。すでに、被虐奴隷としての快感に目覚めているのかも知れない。

音音をその場に残して、無腰の景斎は廊下へ出る。

「どうも、年寄りは小用が近くていかんな」

呟きながら後架へ入り、用を足す。膀胱を空にすると、柔らかな開放感に包まれて、

(奉魔衆の崑崙の報告によれば、出雲京四郎めは七つ目の宝珠を手に入れたという……宝珠がそろって百万両の黄金が見つかれば、それを頂戴して、わしが幕府に献上する……老中筆頭になるか、側用人か、御用取次か……何にしても幕臣として最高位に上りつめ、わしが天下を操ってくれるわ……ふ、ふふ)

後架から出て手を洗った景斎は、

(明日の夜は、音音に百人一首でも書かせてみるかな)

頭の中で淫猥な妄想を膨らませながら、景斎が元の座敷へ戻ろうとすると、い

きなり、障子が開いて、その部屋の中に引っ張りこまれた。口を塞がれたので、悲鳴を上げることもできない。

そこは六畳間で、黒い頭巾で顔を隠した屈強な三人の武士が、景斎を押さえつけていた。そのうちの一人が、景斎の肌襦袢の左袖を千切り取って、「曲者…」と叫ぼうとした老人の口の中に乱暴に押しこむ。

「さて、牧田景斎」

三人の中の頭目らしいその武士が、静かに言った。

「其の方が怪しの者どもを雇い入れ、お取り潰しにあった里見家の遺宝を手に入れるために策動しておること、すでに明白である」

それは幕府に献上するために——と言い訳したいが、袖を詰めこまれた景斎の口から漏れるのは、意味をなさぬ呻き声だけ。

「隠居したとは申せ、大名として許し難き所行、いかに責任を取るつもりか。……ほう、覚悟はできている、と。拙者、感服仕った。よろしい、お手伝いいたそう」

「言うが早いか、用意してあった景斎の脇差を抜き放った。

「うぅ……！」

老人の両眼が、恐怖に見開かれる。

頭巾の武士は、肌襦袢の上から、景斎の腹に刃を寝かせた脇差を突き刺した。景斎の肉体が硬直し、肌襦袢に鮮血が滲む。腹部を剥き出しにしなかったのは、返り血を避けるためだろう。

腹から抜いた脇差を、今度は刃を上向きにして、景斎の皺だらけの喉に突き立てる。切っ先が、首の後ろから突き出した。

景斎の肉体から力が抜けて、押さえつけていた武士たちが手を放すと、前屈みに倒れてしまう。

絶命したのだ。先に腹を刺しておいたので、爆発的な血の噴出はなかった。

頭目の武士は、脇差を景斎の首から抜かずに、その柄近くに懐紙を巻いて、景斎の右手に握らせる。それから、三人は距離をとって正座し、両手をつくと、

「牧田景斎様。ご立派なご最期でございました」

そう言って、深々と頭を下げた。

五

隠居屋敷の木戸門を出た三人の武士は、西の裏門へと向かった。

下屋敷は静まり返っているが、それは安らかな眠りからではなく、誰もが息を殺して何事かが終わるのを待っているためであった。

裏門に門番や見回り役の姿はなく、ただ、深夜だというのに裃をつけた田辺藩江戸家老の五味平太夫が、血の気のない顔で立っていた。三人は、その江戸家老に頭を下げる。

「ご心中、お察し申し上げる」

頭目の武士がそう言うと、平太夫は肩を震わせ、涙ぐみながら、

「だ、大の字様へ……よしなに」

「承った。では——」

裏門脇の潜り戸から、外へ出る。

そして、夜更けの通りに人影がないのをたしかめてから、頭巾を脱いだ。頭目の武士が四十くらい、残りの二人は三十代半ばというところか。

大地は昼間の暑さをとどめて、夜気を蒸らしている。

三人は提灯も用いずに、夏草の生い繁る空き地の脇を、役目の重さを噛みしめながら、ひたひたと相模殿橋の方へ向かった。

すると、夏草の奥から、

「——酷いのう」

この世の者とは思えぬほど不気味な声がした。三人は、はっと身構える。

「誰かっ」

頭目の武士が誰何すると、草の奥から小柄な行者が出てきた。

その顔には、伎楽の崑崙の面を被っている。耳は尖り、大きな口を開けて牙を剝き出しにした獰猛な鬼形の面だ。

「士道も地に堕ち、親子の情義もまた消え失せたか。いくら御家安泰のためとはいえ、家臣どもが前藩主を殺す手引きをする。今の藩主の時久様は、これを知っておられるのかな。いずれにしても、牧田景斎様が哀れでならぬわ。末世と言うべきか」

「その面……貴様が、奉魔衆の頭の崑崙かっ」

「ほほう、よくご存じだな」

面の奥で、崑崙は嗤ったようである。

「お返しに、わしも言い当てて進ぜよう。江戸家老の五味殿が〈大の字様〉と申したところをみると……お前たちの主人は、前の南町奉行にして今は寺社奉行を勤める大岡越前守忠相……」

頭目の武士が、無言の気合とともに崑崙に斬りつけた。が、崑崙はいつの間にか、その刃先から半間ほど離れた位置に移動している。

「町奉行と違って専門の役人をもたぬ寺社奉行は、神侍党という傭兵を使って、裏の仕事をやらせると聞いた……」

「でぇいっ」

二人目の武士が、真後ろから諸手突きを放った。

すると、崑崙はふわりと跳び上がり、何と、突き出された大刀の峰の上に乗ったではないか。しかも、刀の持ち手には何の重さも感じられないのだ。

さらに、崑崙は怪鳥のように後方へ高々と跳躍し、二人目の武士の頭上で一回転してから、二間ほど後方へと音もなく着地した。

「その神侍党ではなく、己れの家臣に景斎様暗殺を実行させたということは……越前は寺社奉行としてではなく、己れだけの思惑で動いているということか」

「黙れっ」

三人目の武士が、下段右脇構えから崑崙の股間を斬り上げようとする。すると、崑崙は、左への側転で軽々とそれをかわした。そして、立ち上がると、さっと面を外す。

胡桃のように皺だらけの萎びた顔が、現れた。百歳を超しているのではないかと思われるほど、萎びた肌をしている。ほとんどの眉が抜け落ち、両眼は固く閉じられていた。

「此奴、目も見えずにあれほどの体術を……？」

「ほほう。わしの眼が、ご所望かの」

不意に、垂れ下がった上瞼がもち上げられた。灰色の瞳を白目が取り囲んでいる――が、その白目の部分が尋常ではなかった。黒い血脈のようなものが這い回っている。

何かの病ではない。信じられぬことに、それは白目に施された彫物であった！

その奇怪な両眼が、かっと光ると、

「お……おわっ？」

三人目の武士が、奇妙な叫びを上げた。大刀を構えた右手の手首が回転したのである。

手首を返したのではなく、軟らかい飴の棒のように、ねじれて完全に一回転しているのだ。人体の構造からして、あり得ぬ現象であった。

が、そのねじれは、右腕に伝搬して、まるで雑巾を絞るように、彼の右腕はぎりぎりとねじれていく。

「何とか、何とかしてくれっ！」

その武士は叫んだが、残りの二人も、どう対処したらよいのか、わからない。

ついに右肩から胸や胴体までがねじれ出した。筋肉が、骨が、内臓が潰れ砕ける不気味な音がする。首から下の全体がねじりりん棒になると、右手から大刀が落ちた。

そして、その頭部が、ぎりぎりとねじれて、ぽんっと眼球が勢いよく飛び出す。視神経の尾を曳いて、眼球が地面に落ちた時、完全に一本のねじりりん棒と化した武士は、朽ち木のように倒れた。

「くく、く……見たか。これぞ、螺旋眼の術」

奉魔衆の頭目・崑崙は、乱杭歯を剝き出しにする。それから、あまりにも怪奇な現象を目撃し、金縛りにあったような二人の武士に向かって、

「この者も、三途の川を一人で渡るのは寂しかろう。おのれら……仲間のあとを追うがよいわ！」

崑崙は、かっと両眼を見開いた。

六

京四郎が目を開くと、彼の視界の中に八人の女がいた。

「小百合殿……朱桃……蓮心尼殿……お藤……お咲……桜子姫……菜々……薊……」

京四郎は、行灯に照らされた八犬女たちの名を呼んでから、

「朱桃たち三人はともかく、小百合殿や蓮心尼殿は……どうして、この屋敷に？」

大岡忠相の家臣たちが奉魔衆の崑崙によって無惨な死を遂げたのと同時刻──吉祥寺の裏、里見家の遺臣団が用意した一本松屋敷の、その寝間の夜具に、京四郎は横たわっていた。

江戸に住む小百合はともかく、蓮心尼、お藤とお咲の双子姉妹、それに桜子姫は、信州にある宙大寺という尼寺に預けていたはずなのだ。宙大寺もまた、里見家遺臣団の拠点の一つである。

「わたくしたちは皆、ある方のお導きによって、こちらへ参ったのでございます」

手束藩江戸留守居役──いや、今は浪人しているが、その滝沢和戌の娘の小百合が、柔らかな声で答えた。彼女たちの顔には、大事な処女を捧げた京四郎に再会できた歓びが溢れている。

「お導き……いや、待て」

肌襦袢姿の京四郎は、むっくりと上体を起こした。あわてて、女たちが支えようとするが、

「大丈夫だ。傷は痛まぬ」

そう言って、左肩に巻かれた晒し布をとる。ぽろぽろと縫合糸が落ちた。柳生六郎兵衛の神速の剣に斬り裂かれた肩の傷は、今は、うっすらと白い傷痕が残っているだけだ。

「不思議だ。林の中で血流雲に襲われた時には、あれほど激痛が走ったのに……」

「あの、その後に」と朱桃。

「京四郎様は、この屋敷に着いてから、命が危ないのに薊さんと……そしたら、急に容態がよくなったんだよ」

「そうか……」

京四郎が、端の方に座っている薊に目をやると、

「……」

頬を真っ赤に染め、薊は無言で、こくんと頷く。殺人も厭わぬ女傭兵が、別人のように、しおらしい態度であった。

「宝珠の力か……いや、薊の気が私に流れこんで、軀を治してくれたのかも知れんな。礼を言うぞ、薊」

「そんな……とんでもないです」

ますます羞かしがる薊であった。

蓮心尼が、床の間に置いてあった三方をもって、京四郎に見せる。その上で、八個の宝珠が霊幻な輝きを放っていた。

それに京四郎は両手を合わせてから、三方を枕元に置いてもらって、ゆっくりと一同を見回し、

「さて。今度は、小百合殿の話をうかがおうか」

「はい。実は、昨夜、神女としか申しようのない美しい女人が夢枕に立って、京四郎様をお助けするために、この一本松屋敷へ行くように――との啓示を受けた

のでございます」

「わたくしたちも」と蓮心尼が言った。

「七日ほど前に、夢の中で神女のお告げを受けて、江戸へ参ったのでございます」

「あたしも姉さんも、全く同じ夢を見たんだよ」

双子の妹のお藤が言うと、姉のお咲も、

「お告げの言葉も、お藤の夢と一字一句まで同じなんだから」

「あたしも朱桃も、驚いちゃったよ」と菜々。

「だって、京四郎様が、やっと眠ったと思ったら、玄関に声がして、この人たちが立ってたんだから」

「なるほど」京四郎は頷いて、

「江戸にいる者と信濃国にいた者が、同日同時刻に同じ場所に集まる――神意でなくては、あり得ぬこと。その夢枕に立った神女とは、おそらく、伏姫様であろう」

「伏姫様……」

八人の女たちは、霊夢を見た者もそうでない者も、等しく、里見家興隆の礎となった美姫の姿を思い浮かべた。

戦国の昔――父の里見義実が忠犬・八房とかわした約束を守るために、伏姫は八房と富山の奥深くに隠れ住み、その死の間際に、八犬士の宝珠が時空を超えて飛散したのである。宝珠を手にして生まれた八犬士は、霊体となった伏姫の加護もあって、里見家のために大いに活躍した。

時が流れて、徳川幕府の世となり、本多佐渡守の策謀のために、里見家は大久保忠隣改易の余波を受けて取り潰された。それから、百二十年後の今――ここに八個の宝珠がそろい、神女・伏姫の導きによって、八犬女が勢ぞろいしたのである。

感無量ではあったが、しかし、まだ最後の問題があった。

「あの……京四郎様」薊が遠慮がちに、

「宝珠は集まりましたが、里見家の黄金の在処は、どこなのでしょう」

「うむ、私も今、それを考えていた」

京四郎は頷いて、腕組みし、

「父から教えられたところによると、八個の宝珠さえそろえば、百万両の黄金を埋蔵した場所がわかるはずなのだが……」

〈仁・義・礼・智・忠・信・孝・悌〉の文字を孕んだ八個の宝珠は、美しく気高く輝きこそすれ、隠し場所の手がかりになるようなものは何もない。字の組み合わせによって、意味のある文章になるのではないかとも考えたが、やはり違っていた。

「京四郎様。わたくしたちが、この屋敷へ導かれたことに、何か意味があるのではございませんか」

　小百合が思慮深い表情で、言った。

「それは、つまり…」

　京四郎が何事か言いかけた時、今まで一言も話さなかった桜子姫が、操り糸に引かれたように、すっ……と立ち上がった。

七

　驚いたことに、桜子姫の全身が、柔らかな光に包まれている。霊光とでも呼ぶべきか。

　瞳は、虚空を凝視している。

「姫、どうなさいました」

蓮心尼が手をとろうとすると、

「――お聞きなさい」

その口から発せられた声は、桜子姫のものではなかった。いや、人の声ですらなかった。現世とは別の次元から発せられた、神秘の声であった。

皆は唖然として、彼女を見つめる。

「宝珠は、八犬女と八連黒子の男子が真に合一した時に、その真価を発揮するでしょう」

八連黒子の男子とは、男根に八つの黒子をもつ京四郎のことである。

言い終えた桜子姫の軀から、霊光が消え失せる。姫は、くたくたと力なく座りこんでしまった。

「姫っ」

「お姫様っ」

お咲とお藤が両側から支えてやると、意識を取り戻して、

「……どないしましたのやろう、私は……」

自分が話した内容を覚えていない様子だ。

「今の声は、夢で聞いたのと同じ……伏姫様の啓示でございましょう」

数珠をまさぐりながら、蓮心尼が言う。

「うむ。私も、そう思う」

少しの間、京四郎は瞑目して考えこんでいたが、やがて目を開いて、

「朱桃。床の間に、硯と筆があるな。それをとってくれ。紙も頼む」

墨をすった京四郎は、半紙に大きな円を描くと、考えながら、それに八つの黒点を打った。

七つは円の外、右上、左上、右横、左横、真下、そして、左横と真下の間に、二つ並ぶ。一つだけは、円の内部、中心の右斜め下にある。

「みんな、これが何だかわかるか」

小百合たちは首を傾げた。だが、薊が耳まで真っ赤になって、

「それ……黒子の場所でしょ、あたしたちのあそこの」

それを聞いて、小百合たちも頬を赤らめる。円は、女の花園を意味していたのだ。

右上はお藤、左上はお咲、右横は朱桃、左横は小百合、真下は桜子姫、左斜め下に並んだ二つは、菜々と蓮心尼。そして、内側の一つは、薊である。

「その通り。この黒子を、このように線で結んで……逆さにすると」

京四郎は、半紙を逆向きにして、一同に見せた。誰もが、「あっ」と息を呑む。

八つの黒子を任意の線で結び、逆にすると、〈犬〉という文字になったのである。

「この黒子の位置は、普通とは逆に、みんなが四ン這いになった時のものだ。そして、伏姫様がおっしゃった男女の真の合一とは……朱桃、言ってくれ」

「はい、あの……」

朱桃は耳も首筋も朱に染めて、しどろもどろになりながらも、

「俺らが近所のお沢さんから教わったのは、女は男の人を本当に好きになったら、三つの操を捧げなければ駄目だって……三つの操というのは、前とお口と……お、お臀だって……俺らはもう、三つとも捧げました」

「つまり」京四郎は言う。

「みんなの三つの操を全て私が貰った時、黄金の在処がわかるのだと思う」

京四郎は夜具から下りて、再び畳に両手をついた。

「前に初穂を摘んでおきながら、さらに重ねての願い——理不尽と思うだろうが、聞き届けてもらいたい。この通りだ」

「お手をお上げください、京四郎様」

小百合が、急いで京四郎の肩に手を掛けて、

「わたくしは、最初の操を捧げたその時から、心も軀も髪の毛一筋に至るまで差し上げたつもりでございます。おそらく、他の方々も……」

「小百合様のおっしゃる通りでございます」

「どんな羞かしいことも、京四郎様のためなら……」

頬を薔薇色に染めて、蓮心尼たちも口々に言う。京四郎は、彼女たちに厚く礼を述べた。

「では、用意を――」

すでに湯殿の湯は沸かしてあったので、まず、京四郎が軀を洗った。次いで、小百合から順番に、湯で軀を浄める。当然、後ろの部分を念入りに、だ。

それから、全裸で仰向けに寝た京四郎の全身に、八人の美女が唇と舌を這わせる。百戦錬磨の薊が、京四郎しか男を知らない小百合たちに、口唇愛撫の技術を伝授する。

そして、順番に、京四郎の上に逆向きに乗った。そそり立つ巨砲を舐めしゃぶる美女の花園と後門を、京四郎は唇と舌と指で愛撫する。

全員の括約筋をほぐすと、皆を一列にして獣の姿勢を取らせた。彼女たちの前には、各々の宝珠が置かれている。京四郎のものは、はち切れそうだ。

〈犬〉の筆順で並んでいるから、まず、朱桃の臀孔から犯す。二度目なので、割合とスムーズに貫通できた。可愛く喘ぐ朱桃の臀の奥の奥に、大量に放つ。衰える気が、全くしない。

次が薊で、後門はまだ処女だったから、少し手間取った。隆々たる肉塊で貫き、逞しく抉って、今度も射出する。

次が小百合、そして、桜子姫、お藤、お咲、連心尼と続く。羞恥と苦痛と未知の悦楽に哭き狂う美女たちの排泄孔を、愛情をこめて充分に味わう。

花孔の構造や機能が人それぞれなのと同じように、後門の味もまた、一人一人の個性があった。そして、彼女たちの肉体の最深部に、信じられないほどの量の聖液を叩きこむ。

最後は菜々であった。

「京四郎様……んっ、ひぃィィっ!!」

海女の悲鳴が、次第に悦声に変わってゆく。入口の環が、まるで煮えたぎる熱湯のように熱く、握りしめるようにきつく、鋼鉄のような男根の根元を咥えこんだ。

彼女の赤銅色の海女の臀肉を鷲づかみにして、京四郎は、潜水作業で鍛えられた括約筋の収縮を存分に愉しむ。彼女を背徳の絶頂に導くと、熱い溶岩流をたっぷりと吐出する。その放射は無限に続くようであった。

と、八個の宝珠が強く輝き始めた。

菜々の臀の孔から、京四郎は、まだ勢いを失わぬものを引き抜く。すかさず、薊が咥えた。聖液でどろどろのそれを、嬉しそうに舌で浄める。

ややあって、輝きが収まった宝珠の中に、片仮名が浮かんでいた。〈ユ・キ・ノ・ウ・ラ・ノ・ア・ナ〉と読める。

「ゆきのうらのあな……？」

京四郎が考えこむと、安房の住人の菜々が身を起こして、

「わかった、京四郎様！　鴨川の近くに、由岐之浦ってところがあるよ！」

八

元禄十六年——西暦一七〇三年、陰暦十一月二十二日の深夜、関東地方南部を大地震が襲った。

地震の規模は、マグニチュード八・二。儒学者・新井白石の自伝『折たく柴の

記』によれば、小舟が大波に翻弄されるように家が動き、箸が折れるように屋根が倒壊し、石垣も崩れて舞い上がった塵が空を覆った――という。

その被害は、東は房総半島南部から西は小田原・箱根、南は伊豆七島にまで及び、火災と津波がさらに被害を広げた。

南房総の九十九里浜を襲った津波の高さは、平均で五、六メートル。御宿では八メートル、和田では十・五メートルという大津波が押し寄せたという。

九十九里浜だけで、津波の犠牲者は二千百五十四人という痛ましさであった。

しかも、地盤の液状化現象によって館山の那古寺の全ての堂塔が地中に呑みこまれたり、半島の先端が四メートルも隆起したりして、地形や海岸線そのものを変貌させるという凄まじさである。

鴨川の南にある由岐之浦もまた、三十五年前の元禄大地震によって山崩れが起こり、新たに誕生したものであった。

一本松屋敷での八犬女と京四郎の真の合一から五日後の午後――出雲京四郎の一行は、その由岐之浦に到着した。

この一帯は今でこそ天領だが、言うまでもなく、元は里見家の領地である。

外房の海は、強烈な夏の陽射しを反射して、ぎらぎらと燃えるように煌めいている。編笠越しに見ていても、目が眩みそうだ。

茶色の砂浜には、巨岩がごろごろしている。人家は一軒もない。

一行は、京四郎の他に父の修理之介、そして里見家遺臣団の中から腕の立つ者が五名。黄金が見つかった時に、それを見張り、運び出すための要員である。

八犬女たちは、一本松屋敷で待たせてある。朱桃や菜々、薊などはついてくるとせがんだのだが、京四郎が許さなかったのだ。

「ちと、ものを尋ねるが」

修理之介が、通りかかった百姓らしき老爺を呼び止めて、

「ここは由岐之浦というそうだが、人は住んでおらぬのか」

「はあ、昔は百人ばかりの姥村というのがございましたが――」

野菜を入れた籠を背負った老爺は、手拭いで汗をふきながら言う。

「元禄の地震の時に山が崩れて、村中が呑みこまれてしまいましてな。そこへ大津波が来て、わずかに生き残っていた者を、みんなさらっていってしまったです。それからもう、ここは人の住まない土地になってしまいましたで」

砂浜にある巨岩は、その時に山から転がり落ちたものだという。修理之介は白髪交じりの髭を撫でながら、

「なるほどのう……あの山の中腹に見えているのが、供養の碑か」

「へい。世志山の百人塚でございます」

村が全滅したということは、由岐之浦の故事に詳しい者はいないということになる。

「それで」と京四郎。

「この辺に、何か穴はないだろうか」

「穴……穴でございますか。さて、あの百人塚の向こうに、地震の時にできた洞窟がございますが……夜になると生き埋めになって死んだ者の呻き声が聞こえるとかで、怨霊洞と呼ばれ、ここいらの者は近づきません」

京四郎たちは、無言で頷き合った。老爺に謝礼を与えて、百人塚への山道を登る。

そして、百人塚の裏手の林の中に入りこむと、たしかに、突き当たりの斜面に斜めに裂けたような穴があった。高さ一間半、幅が二間ほどだ。

修理之介は編笠を取りながら、

「わしと京四郎が入ろう。杉倉、お主たちはここで見張っていてくれ。わしらが一刻しても戻らぬ時は、お主と山林が様子を見に来るように」

「はい」

五人の中で、最も年嵩の武士が頷いた。彼に、二人分の編笠を渡して、

「奉魔衆や尾張柳生の襲撃もありうる。十分に気をつけてな」

「わかりました」

五人は緊張した表情で、洞窟の周囲に散った。

折り畳み式の蠟燭立てを手にした京四郎と修理之介は、怨霊洞へ入った。内部の道は、下り坂になっている。

「宝珠の文字通りに〈あな〉があった以上、百万両の黄金があることは、間違いないだろう」

「だとよろしいのですが……」

悲願達成を目前にしているためか、京四郎の表情は硬かった。

「京四郎、実はな……」

「はい？」

「いや、後でゆっくり話そう」

洞窟内の澱んだ空気のにおいは屍臭を想像させて、気持ちのよいものではない。

一町半も歩くと、急に空間が広がった。

「おおっ！」

馬場ほどもある空間に、蠟燭の火に照らし出されて、煉瓦を積み上げた大きな南蛮蔵がある。正面に回ると、観音開きの扉に、直径三尺ほどの、〈丸に二つ引〉の大きな紋。

「むむ……まさしく、里見家の定紋。間違いない、我が先祖、窪田志摩之介が隠した黄金の蔵じゃっ」

出雲修理之介は歓喜のあまり、全身をわななかせていた。蔵の壁や、洞窟のあちこちに蠟燭台があるので、それらに火をつけてやると、その空間はかなりの明るさになった。正面扉の向かい側には、古い落盤の跡がある。

「なるほど。元禄大地震の時に、世志山の裏手から掘られていた本来の通路が崩れて塞がってしまったが、こちらに新しい穴ができた。それが怨霊洞と呼ばれたのか……仮に隠し場所の絵図面が伝えられたとしても、役には立たなかったな。宝珠と伏姫様のお導きがなければのう」

「どこからか、風が入ってきます。岩の隙間を風が通り抜ける時に、不気味な音がして、それが洞窟の中で反響し、死者の呻きなどといわれるようになったのでしょう」

「うむ、うむ」修理之介は頷く。

「ところで、この蔵の扉、どうやって開くのであろう。取っ手も鍵穴もないが」

「ここに窪みがありますな」

定紋の丸に、等間隔で八つの窪みがあった。京四郎は、懐から天鵞絨の巾着を取り出す。その袋の中には、八個の宝珠が入っていた。

「なるほど、宝珠を使うのかっ」

「おそらく――」

京四郎は、一番上の窪みに、〈仁〉の宝珠をあてがってみた。吸いつくように、窪みに収まる。

時計回りに、残りの七個の宝珠をはめこんでゆく。最後の〈悌〉の宝珠をはめこむと、内部で、かちりという音がした。

そして、いかなる絡繰りによるものか、定紋が縦一文字に割れて、ゆっくりと重い扉が左右に開く。蔵の中には、革袋が無数に積み上げてあった。修理之介が手前の革袋を取って、震える手で口を開くと、中にはまばゆい砂金が詰まっている。

「やった、やりましたぞ、京四郎様っ！」

歓び叫んだ修理之介の言葉を聞いて、京四郎は眉をひそめる。

「父上……今、私を何と呼ばれました」

はっとした修理之介は、革袋を元に戻した。そして、その場に片膝をつき、腰から抜いた大刀を背中に隠す。

「真相を申し上げます。京四郎様は、拙者の子ではありません」

「それは……」

「貴方様は、里見家最後の当主である忠義様が配流先の伯耆国田中でもうけられた四番目の御子の末孫なのでございます。公儀には死産と報告されていますが……。里見京四郎様──それが、貴方様のお名前です」

京四郎は、鳩尾を槍で一突きされたような衝撃を感じていた。

「では……ご舎弟忠堯様の血筋で、里見家再興をするという話は……」

「偽りでございました。本日までのご無礼の数々、お許しくださいませ。しかし、当主の御血筋の方でのうては、伏姫様の数珠も使えず、八犬女探しもできなかったのでございます」

「……」

「しかしながら、本日ただ今より、京四郎様は新しい里見家の御当主。臣下の礼をとらせていただきます。遺臣団の者ども、この朗報を聞いて、どんなにか歓びましょう」

「ち、父上……」

「修理之介とお呼びくださいますように」

と、その時、

「里見京四郎、出雲修理之介……ここが貴様たちの墓場じゃ」

その不気味な声のした方を見ると、怨霊洞を背にして、行者姿の伎楽面の老人が立っていた。

「崑崙っ⁉」

「左様。奉魔衆の頭目にして最後の一人、崑崙と申す者。里見の黄金をいただきに参上した」

「おのれは誰に雇われたっ！」

修理之介が、抜刀して構える。

「はは、は。残念ながら、雇い主は大岡越前の手の者に始末されてのう。だから、その黄金は、わしが一人でいただく」

「入口に、杉倉たちがおったはずだが……」

「おったとも。ほれ」

崑崙は、西瓜ほどもあるものを、京四郎たちの足下に放った。

それは、人間の生首――杉倉角太郎の首であった。が、ただの生首ではない。

上半分が、およそ百八十度もずれて後ろ向きになっている。

「な、何という……」

京四郎たちが愕然としていると、崑崙は面を外して、

「嘆くな。お前たちも、そうなるのだ…」

突然、崑崙の前で、複数の煙玉が閃光を発して爆発し、煙が周囲に広がった。

「京四郎様っ」

そう叫んで、彼の前に出現したのは、錆鼠色の忍び装束をつけた薊であった。

「こちらへっ」

たちこめる煙の中を、黄金蔵の裏手に京四郎たちを導く。

「薊、来るなと申したはずだが……」

「でも、来てようございましたっ」

薊は、にっと笑ってから、表情を引き締めて、

「崑崙の眼を見てはいけません。螺旋眼の術……見た者は、あのように軀がねじ

れてしまうのです」

「何という奇怪な……では、薊とやら、どうやって彼奴を倒す」と修理之介。

「何とか、背後から仕留めるしか……」

「たわけっ！」

罵声とともに、煙の壁を破って眼前に崑崙が出現した。その閉じた両眼が、薊に向かって開かれようとした瞬間、京四郎の右手が閃いた。

かっ、と見開いた彫物眼の眼光は、差し出された村雨丸の側面に弾かれた。

「わ、わわわっ」

崑崙は、あわてて自分の眼を覆う。が、すでに手遅れであった。この魔人は、刃に反射した自分の眼光を自分で見てしまったのである。

ぎしっ……と骨が軋む音が聞こえた。

京四郎たちは、見た。崑崙の胴体が、雑巾を絞ったようにねじれてゆくのを。

両手で胸や腹を搔きむしるようにするが、ねじれは止まらない。

それどころか、腰にも足にも、ねじれは伝搬してゆく。両肩から、左右の腕にもだ。骨だけではなく、筋肉と血管と臓腑がひしゃげる音がする。

「く、苦しい……助けてくれ、助け……て…おごわっ!!」

ついに、頭部がねじれ始めた。斜めに歪んだ口から、紫色の舌が突き出される。
印刷のずれた版画のような顔になった。
終末の音がした。脳味噌がひしゃげたのだ。奇怪極まる恰好で絶命した崑崙は、
ゆっくりと横倒しになる。
三人は、自分たちが呼吸を止めていたのに気づき、大きく吐息を洩らした。

九

己れの術で自滅した崑崙を残して、京四郎たち三人は洞窟から出た。

入口の周囲には、ねじりん棒になった死骸が五つ、蟬の声を枕経代わりに倒れ伏している。落とした抜身が虚しく光っていた。

京四郎と修理之介は、彼らに手を合わせる。薊も、それに倣った。

ややあって、林の中から一言。

「――済んだか」

その声には聞き覚えがあった。

京四郎が声のした方を見ると、旅姿の武士が立っている。とてつもない威圧感

であった。

「柳生……六郎兵衛！」

六郎兵衛は編笠を取って、

「出雲京四郎。あの傷で海に落ちて生きているわけがないと思ったが……しかも、数日で傷も癒(い)えているとは、もしや、宝珠とやらの力か」

「あの時も訊いたが、なぜ、貴方が宝珠のことを知っている」

あわてて抜刀した修理之介と薊を、両手で制して、京四郎は問うた。

「これが最後ゆえ、その疑問に答えておこう……わしの父の日記を読んでな」

六郎兵衛の父は、新陰流(しんかげりゅう)六代目宗家(そうけ)の柳生兵庫(ひょうご)巌延(よしのぶ)。三代目宗家の柳生連也(れんや)斎巌包(さいよしかね)の子だが、連也斎は生涯妻帯しなかったので、兄の茂左衛門利方(もざえもんとしかた)の子を養子にしたのである。

その兵庫は、享保(きょうほう)五年――今より十八年前に病死している。

「父の兵庫は、その日記を焼き捨てるつもりだったらしいが、急死したため、それが叶(かな)わなかった。わしは、父の蔵書を整理している時にその日記を見つけ、父が在府中に里見家と八犬士にかかわる面妖(めんよう)な事件に巻きこまれたことを知った……そこに、百万両の黄金のことも書かれてあったのだ」

「……」

「怪力乱神を語るは兵法者らしからぬことと思い、誰にも話さなんだが……状況が変わった。尾張藩は大金がいる。しかも、早急にな」

徳川御三家の筆頭・尾張徳川家の財政は、極端に悪化していた。将軍吉宗の倹約政策に対抗するために、藩主宗春がとった景気刺激策は、一時は成功していたが、今は赤字が七万両にまで達している。

このままでは、失政を理由に、宗春は幕府から何らかの処分をされてしまうだろう。最悪の場合は国替、いや、尾張藩そのものが取り潰されるかも知れない。

「百万両の黄金があれば、尾張藩が救われるのだ。これも主家のため、気の毒ではあるが、そなたたちには死んでもらう」

「主家のため……か」

「ここでは、場所が悪い。下へゆこう」

六郎兵衛が先に立って、山道を下りる。京四郎たち三人が、そのあとに続いた。

修理之介と薊は、何度か背後から六郎兵衛を討とうとしたが、隙が全くない。

「刺千針の術さえ使えれば……」

薊は唇を噛んだ。その妖術を使う異能力は、京四郎に第二の処女を捧げた時に消えてしまったのである。所詮は、人の道を踏み外した者のみが可能な外法だったのだ。

人を愛することを知ったために、その愛する男性を救えるはずの異能力を失うとは、何という皮肉であろうか。

四人は、砂浜に出た。灼けた砂の上で、四間の距離をおいて、京四郎と六郎兵衛は対峙する。

「あの五人も、そなたたち三人も、野晒しにせずに、わしが丁重に葬ってつかわす。これだけは、約束しておこう」

盤石の余裕で、六郎兵衛が言う。

「……忝い」

海鳴りの轟く中で、両者は正眼に構えた。

天眼一刀流を極めた京四郎であったが、洲崎の天狗岩で対決した時には、柳生六郎兵衛の神速の剣になす術なく敗れている。

今度は崖っぷちではなく平らな砂浜だから、どこにも逃げようがない。

(目にも止まらぬ迅さの剣……どう受ける、どうかわす……っ!?)

何も思い浮かばない。逆転の術も、必勝の策もないとしたら、兵法者はどうすればよいのか。京四郎は、自分の頭が空っぽになるような気がした。六郎兵衛の鋭い気合が、由岐之浦に響き渡った。その気合とともに、砂浜を滑るようにして、一気に京四郎に迫る。圧倒的な剣気が強風のように、京四郎の全身に激突する。

次の瞬間、薊と修理之介は信じられぬものを見た。正眼から上段に変化した京四郎の剣が、ゆるりと振り下ろされて、六郎兵衛が血煙の中に倒れたのである。

京四郎の動きは、真っ向唐竹割りに斬りつけた神速の剣より迅いものではなかった。いや、むしろ、遅すぎるように思えたほどだ。それなのに、勝負は京四郎の勝ちだったのである。

「む…無想剣か……」

袈裟懸けに斬られて血まみれの六郎兵衛が、喉の奥から絞り出すように言う。

「何も考えず何も思わず、心を無として、こちらの剣気に応じて太刀先をかわし、己れが太刀先を振るう……神速以上の境地が……見事だっ」

血の塊を吐いて、尾張柳生流八代目宗家は絶命した。その顔を波が洗う。京四郎は血振して懐紙で拭い、納刀すると、柳生六郎兵衛を片手拝みした。

絶体絶命の生死の岸に立った時、京四郎は、生まれて初めて無念無想の境地に至ったのである。その境地から繰り出される剣は、術理を超越したものであるがゆえに、どんなに遅く見えようとも、対手がかわすことは不可能なのであった。

「京四郎様っ！」

薊が涙を流しながら、京四郎の胸に飛びこむ。京四郎は、その背中を優しく叩いてやってから、厳しい表情になって、

「――ご見物の方々、そろそろ姿を現してはどうかっ」

大音声で言い放つ。

ややあって、そこここの巨岩の陰から、襷掛けで袴の股立ちをとった戦闘態勢の武士が十人…二十人、いや、三十人ほども現れた。そのうち、五人は槍をもっている。

一人だけ、編笠を被った者がいた。

「む、尾張藩士かっ」

到底、勝てぬ人数に、修理之介は歯噛みした。自分が斬り死にする覚悟はできているが、京四郎が倒れたら里見家再興は不可能となる。

「その編笠の御仁」と京四郎。

「寺社奉行、大岡越前守殿とお見受けするが」

「ははは。先刻承知か」

大岡越前守忠相は、編笠をとって微笑んだ。

「奉魔衆の頭目、尾張柳生の総帥……邪魔者は全て、其の方が倒してくれた。

百万両の黄金も、見つけてもらった。あとは……」

「あとは、我々の口を塞ぐだけ——ですかな」

越前の家臣たちは、一斉に大刀を抜き放ち槍の鞘を払った。修理之介も、大刀を抜く。薊も、忍び刀の柄に手をかけた。

「争うことはない。黄金は、お渡ししよう」

突然、京四郎がそう言ったので、敵味方とも啞然となった。

「何を申される、京四郎様っ、死に物狂いで斬り抜ければ……」

「お考えください、父上」

京四郎は、修理之介を父と呼んだ。

「柳生殿はともかく、将軍吉宗公の右腕である大岡殿を斬り倒したら、公儀を完全に敵に回すことになり、百万両どころか千万両億万両の賄賂を使ったとて里見家が再興できる道理はございますまい」

「む……それは……な、なれど」

修理之介は懊悩する。それに構わず、京四郎は、

「ただし、大岡殿。百万両のうち、一万両分の黄金だけは、残していただく。九十九万両の黄金は、評判とは裏腹に、実は傾きかかっている幕府財政の立て直しに使われるがよかろう」

「ぬぬ……その一万両で、其の方は安楽に暮らす所存か」

「私は、一文もいらぬ」

「何だとっ⁉」

黄金を差し出すと言った時よりも、さらに大きな驚愕が、その場の人々を覆った。

「百二十年の間、里見家再興の夢に全てを賭けた者どもがいる……その者たちに、信州の宙大寺のそばで施行院を開かせるのだ」

施行院とは、困窮した人々に食事などをふるまう施設のことである。過酷な徴税と相次ぐ凶作のために、今の関八州には貧民が溢れていた。

「一万両は、その施行院の原資とする。この条件が呑めぬと言うなら……命尽きるまでお相手いたす！」

京四郎は、大刀の柄頭(つかがしら)を叩いた。

「わ、わかった……その条件を呑もう。我が家臣たちの前で、誓(ちか)おうぞ」

京四郎の言葉に気圧(けお)された大岡越前は、小柄(こづか)で金打(きんちょう)した。

「だが、其の方はどうする。施行院の主(あるじ)となるのか」

「仮に里見家が再興されたとしても、私はすぐに養子をとって、隠居するつもりだった」

「京四郎様……それは！」

「わかりませんか、父上。私は、主家のためと思えばこそ、八人の乙女(おとめ)の操を奪ったのです。それが、再興される大名家の主が自分だったとは……結果として、己れの立身のため、私利私欲のために女人を犯したのと同じではありませんか。無頼漢(ぶらいかん)と何の違いがありましょう」

「な、なれど……家名存続は武家の使命にござりますれば……」

「私は大坂へでも行って、道場を開こうと思います」

京四郎は、あっさりと宣言した。

「無論、八名の妻たちと。彼女たちが承知してくれれば、ですが」

八犬女に三つの操を捧げられた後で、京四郎は、このことを決心したのであった。

「みんな承知に決まってますとも、京四郎様っ！」——

忍び装束の女が、京四郎の胸に抱きつくのを、大岡越前守忠相は心底驚いて、ただ見つめていた。

真夏の陽光と潮騒に包まれて、彼には全く理解できない絆で結ばれた男と女の歓喜の姿が、そこにあった。

翌元文四年の一月十三日——尾張藩主・徳川宗春は、将軍吉宗から隠居、そして蟄居を命じられた。

四月に尾張に帰国すると、名護屋城三の丸に幽閉された。十二年後の宝暦元年に吉宗は死去したが、宗春の蟄居は解かれず、宝暦四年、下屋敷に移される。

明和元年、徳川宗春、死去。享年六十九。だが、その墓石には金網が被せられ、ようやく謹慎が解かれたのは、天保十年のことであった。

七十六周忌——謹慎を申し渡された年から、何と百年目である。吉宗の宗春に対する憎悪の深さが、よくわかる。

おそらく、互いに天敵に等しい存在であったのだろう。

元手束藩江戸留守居役で浪人の滝沢和戌の長女・小百合は、他の七人の八犬女とともに、出雲京四郎と大坂へ行った。

彼女の妹の千紗は、千石の旗本・松平堅綱の家臣である同族の滝沢興吉に嫁いだ。興吉の子・運兵衛興義の五男の倉蔵は、甘えん坊で祖母の千紗の膝の上で育った。

この倉蔵は、十歳で家督を継いだが、故あって出奔。幼時より読書好きで、二十四歳で滝沢清右衛門として山東京伝に弟子入りし、黄表紙作家となった。

そして、戯号を曲亭馬琴とすると、祖母に繰り返し繰り返し聞かされた不思議な宝珠の話をもとにして、文化十一年から実に二十八年がかりで、大長編伝奇小説を書き上げた。完結したのは、尾張宗春の謹慎が解かれた三年後の天保十三年である。

九十八巻百六冊という大作にして名作——その名を『南総里見八犬伝』という。

第五章　兇女復活

一

「あ、あんまり気持ちのよいもんじゃありませんね、旦那」

房州は九十九里道で悪名を売っている勇魚の権太という暴れ者、六尺近い巨体に腹も背中も熊のような剛毛を生やし、真冬でも藍の下帯に袖無し羽織一枚という奴。

喧嘩なら五人でも十人でも束になってかかってこい――という腕力自慢度胸自慢の大男が、提灯を手に、きょろきょろと不安げに穴の中を見回す。

元禄十六年、陰暦十一月初め――徳川五代将軍綱吉の治世である。

安房国の池之内村には、大小七十余の横穴群がある。現代の視点からすれば古代人の住居跡なのだが、この時代の人々には、何か巨大な虫が山腹を喰い荒らしたように見えるだろう。

土地の者は、この横穴群を〈根角穴〉と呼んでいた。

昔、根角という旅の武芸者が、穴の奥を調べてやると入ったが、そのまま出てこなかった。半月ほどして、夜明けに通りかかった百姓が、穴の前に人間のものらしい肉や骨や臓物が散乱しているのを発見して、大騒ぎになった。

それ以来、この横穴群は根角穴と呼ばれるようになり、百姓たちは絶対に近づこうとはしない。悪戯したり親の言いつけを聞かない悪童たちも、「根角穴に捨ててくるぞ」と叱られると、泣いて謝るという。

その根角穴の最も大きい横穴に、権太を供にして入ったのは、商家の隠居と見える五十半ばの町人だ。小柄で、穏和な顔立ちをしている。田上屋倉右衛門と名乗った。

今日の昼間、和田で三人の漁師を相手に大立ち回りを演じていた権太に、仲裁役となったのが旅姿の倉右衛門である。双方に包み金を渡してその場を丸く収めた倉右衛門は、権太を居酒屋に誘って、好きなだけ飲み喰いしろという。

大喜びで鯨飲馬食の権太を興味深げに眺めていた倉右衛門は、「十両の礼金で、私の用心棒になってはくれまいか」ともちかけた。

「用心棒って、旦那の旅の供をしろってことかね」

「いや、そうではない。私は旅行記を書いている者だが、人を喰うという伝説の池之内村の根角穴の中を、是非とも見てみたいのだ。それも真夜中にね」

根角穴と聞いて、さすがに躊躇った権太であったが、「お前さんほどの豪傑は他にはいないから」とさらに頼みこまれると、悪名を看板にしているだけに否とは言えなくなった。それに、無職の権太にとって十両は大金である。

用心棒を承諾した権太は、腹一杯に飲み喰いすると、そのまま雷のような鼾をかいて眠りこんだ。そして、夜更けに目覚めると、居酒屋を出て、倉右衛門と一緒に内房の船形へと続く脇街道を歩き出したのである。

そして一刻ほどで池之内村に着いたのだが、弱々しい月光に照らし出された不気味な横穴群を見た時には、かなり後悔した権太であった。

そして今、提灯を下げた二人は、枝分かれした横穴の奥の奥に辿り着いていた。十畳ほどの広さがあり、地面は平べったいが、何時の頃のものか、片隅に天井が崩落した跡があった。

「へ、へへへっ」

権太は、引きつったように笑い声を立てると、わざとらしい陽気な口調で、

「ここで行き止まりだ。鬼も化物もいやしねえ。ただの穴っぽこさ。こんなものを怖がってる奴らの顔が見てやりてえ。ねえ、旦那」

ふと気づくと、しゃがみこんだ倉右衛門は、その崩落の土塊を手で掘り返していた。

「旦那、何をしてるんです」

「探しものさ。とても大事なものをね」

「大事なもの……？」

「おお、これだっ」

土塊の中から掘り出したのは、何と髑髏——人間の頭蓋骨であった。

「旦那、何でそんなものを……まさか……」

権太は言葉を呑みこんだ。

「私が誰かを殺して、ここに生首を埋めたというのかね」

大事そうに髑髏の土を払いながら、倉右衛門は言う。

「ははは。見てごらん、この色艶を。骨になってから百年以上たっておる」

「だけど……どうして、そこにあるのを知ってたんだ」

「調べたからね。ずいぶんと時間と金をかけて、調べたよ。そして、滝田城からここへ、御前様の首が運びこまれたとわかったのだ。本当だとわかって、こんなに嬉しいことはない」

そう言いながら、懐から出した竹筒の栓を抜いて、中の赤黒い液体を髑髏の上にかける。

「ほれ、ほれ。御前様、乙女の血ですぞ」

「旦那……十両貰おうか。約束の十両をよう」

薄気味悪そうに田上屋倉右衛門を見ながら権太は言った。彼が何を言っているのかわからないが、早くこの場から立ち去った方がよいと本能が教える。

「権太――」倉右衛門が静かに問う。

「お前さん、ご先祖はお武家だってねえ」

「そうさ。吉山七太郎という立派な侍だったたって、死んだ祖母さんがよく言ってたぜ」

得意そうにそっくり返った権太は、はっと気づいた。

「旦那……それをどこで聞いた。偶然、通りかかって喧嘩の仲裁をしたんじゃねえのか。最初っから、俺を……」

「権太よ……いや、吉山権太よ」

胸の前に血に濡れた髑髏を抱いた倉右衛門の唇の両端が、ねじくれるように持ち上がった。嗤ったのである。

「今こそ、我が一族の積年の恨みを晴らす時じゃ。楽には死なせぬ。苦しんで苦しんで八大地獄を巡るその十倍も百倍も苦しみ抜いて、息絶えるがよいわ。のう、御前様」

下顎が、かたりと動いて、髑髏が口を開けた格好になった。

「うわわわあっ」

恐怖にかられた権太は、大声で吠えながら倉右衛門につかみかかる。

その時、髑髏の虚ろな眼窩の奥に、青白い火が灯った。

「ひっ⁉」

奇妙な感覚に、権太は急停止して、自分の両手を見た。

いつの間にか、指が消えていた。左右十本の指が、付け根から消滅している。

その付け根の部分からは、さらさらと砂のようなものが流れ落ちていた。しかも、掌も少しずつ小さくなっていくではないか。

権太は理解した。心の臓が喉元へせり上がってきた。

砂丘が風で浸食されるように、彼の軀は指先から砂粒のようになって、生きながら崩れているのだ。

喉の奥から迸り出た権太の絶叫が、根角穴全体にこだました……。

二

汗が冷えてきたようなので、乱四郎が上掛けを肩まで引き上げると、女が肌をすり寄せてきた。

「安心しろ、まだ帰らぬ」

微笑を浮かべた乱四郎は、丸太のように逞しい腕で女の裸体を抱き寄せた。

胸板も厚く、樽のような胴体をしていた。武芸の稽古で鍛え抜いた肉体である。

美男ではないが、眉が太く、荒削りの岩のように漢らしい風貌である。

年齢は二十九だ。浪人だが、髭も月代も綺麗に剃っている。

女は、椿という。江戸は筋違橋門近くの須田町の〈宝風呂〉の二階であった。

ただの湯屋ではない。湯女風呂である。

垢すり女と称して、その実は客に軀を売るのが湯女だ。京大坂では、室町時代末期からあった稼業だという。江戸では寛永年間、すなわち三代将軍家光の頃に、湯女風呂が流行り出した。

公許の売春窟は吉原遊郭だけなので、湯女風呂は何度か取締りの対象になっているのだが、形態を変えつつ、この五代将軍の世までも、それまでほど大っぴらにではないが、しぶとく存在していた。

椿は十八歳で、二十人近くいる湯女の中でも三指に入る売れっ子である。骨細で繊細な軀つきだが、床の業は巧みで、女器の形状の美しさや機能も評判であった。

馴染み客である乱四郎は、その評判が本当であることを、誰よりもよく識っている。間夫といってもよい関係だ。

「この前、あたしが寝てる間に乱四郎様は帰ってしまって……目が覚めて凄く寂しかった……」

一重の黒目勝ちな目で、じっと乱四郎の横顔を見つめながら、椿は足を絡めてくる。春草の薄い、ほとんど無毛の秘部が、乱四郎の太腿に密着した。

熱く濡れている。先ほどの濃厚な媾合の残滓ではない。綺麗に後始末したのだが、若い肉体の奥底から新たに愛汁が湧き出しているのだった。

陰暦十一月下旬――雪でも降ってきそうな夕暮れである。座敷の隅には、小さな火鉢が置かれていた。

「済まん、済まん。愛宕下の賭場が開く時刻が迫っていたのでな。用心棒としては、遅参するわけにはいかなかったのだ」

賭場の用心棒、借金の取り立て、揉め事の仲裁、そんな半端な仕事で喰いついでいる浪人の乱四郎であった。それで、懐が温かくなると、この宝風呂にやってきて、椿を指名するのである。

「用心棒なんかなさらずとも、あたしが……」

養って差し上げますのに――と言いかけて、椿は言葉を呑んだ。女に働かせて平気で寄生するような男でないことは、今までの付き合いでよくわかっている。

「ねえ。乱四郎様が本当になさりたいことは、なァに？」

「そうだな……」

天井の節穴を眺めながら、乱四郎は、ぽつんと言った。

「公方を斬ってみたい」

「っ！」

真っ青になった椿は、反射的に男の口を片手で塞いだ。乱四郎は、その手を外すと、にやりと笑って、

「お前だから打ち明けたのだ。心配するな、他の者の前では決して言わぬよ」

「約束して、お願い」

「ああ、約束する。だがな、胸の内でそう思っている者は、俺以外にも大勢いるはずだぞ。こんなご時世ではなあ」

五代将軍綱吉――庶人は、彼を〈犬公方〉と呼ぶ。

三代将軍家光の四男として生まれた綱吉は、長兄で四代将軍の家綱が病没すると、老中・堀田正俊と水戸中納言光圀の後押しによって、五代将軍の座に就いた。

最初のうちは天和の治と呼ばれる仁政を敷いていた綱吉であったが、貞享四年の牛馬憐愍令あたりから、様子がおかしくなってきた。

実は、生母の桂昌院の信任厚い祈禱僧の隆光が「上様に御世継ができないのは、前世で殺生を重ねられたからである。動物を大切に、特に上様は丙戌年の御生まれなので、犬を大切にされることが功徳。さすれば、御世継も授かり、上様も御長寿を得られましょう」と進言し、これを綱吉は妄信してしまったのである。

かくして布告された法令の数々が、いわゆる〈生類憐れみの令〉である。動物を、特に犬を人間よりも上位に置くという、世界史にも類を見ないような悪法である。

頬に止まった蚊を潰した小姓は遠島になり、雀を吹矢で射落とした茶坊主は斬罪となっている。病気の馬を捨て置いたというだけで、関係者二十五人が遠島になった。

元禄八年の十月には、江戸の辻番で八兵衛という者が、溝に落ちていた子犬を拾い上げ、母犬が見つけやすいようにと少し離れた場所に置いただけなのに、「犬を捨てた」として獄門になっている。

同じ十月には大坂定番の与力・同心が鉄砲で鳥を撃ち、十一人が切腹、その子供たちは流罪となった。

また、元禄九年の八月には、本所で犬を斬り殺した市兵衛という者が、磔になっている。それを密告したしもという娘は、五十両の褒美を貰った。

あまりのことに、罪に問われることを怖れて誰も犬の面倒を見なくなったため、江戸の町には野犬が溢れ返った。

そのため、綱吉は大久保に二万五千坪、中野に十万坪の〈お犬様御殿〉を建設、さらに四谷や喜多見にも造った。収容された犬の総数は、十万頭とも二十万頭ともいわれる。

これらの犬の食糧は、たった一日で米が三百三十石六升、味噌が十樽、干鰯が十俵、それに炊事用の薪が五十六束という途方もない量である。

綱吉は、人間には釣りや魚介類を売ることを禁じているくせに、犬が干鰯を喰らうことには何の疑問ももたなかったらしい。

この莫大な費用を賄うために、幕府は江戸の町人からは小間一間につき金三分、関八州の農民からは百石につき一石ずつの特別税を徴収した。これを犬扶持という。

それでも足りずに、ついには、東照神君家康公がいざという時のために遺した軍用金をも使い果たしたのである。

なお、中野の犬御殿には二名の犬医者がいて、手厚く犬の健康を管理しているという。

将軍の暴走を諫めるべき幕閣の重臣たちは、己れの身が可愛さに、お追従に励むばかり。綱吉のお気に入りの側用人・柳沢美濃守吉保などは、かえって生類憐れみの令を利用して、邪魔な政敵を蹴落とすという始末であった……。

「——犬下の旦那」

廊下の方から、遠慮がちに声がかかった。この宝風呂の若い衆の声である。

「おう、何だ」

「二本差が二人、旦那を呼べと言ってます。何だか剣呑な様子ですぜ」

三

江戸は火事が多い。百万を超える人口のために、木造建築の家が密集し、食事の支度などで火を使うことが多いからだ。独身者のための飲食店が多いことが、それに拍車をかけている。

四代将軍家綱の時に起こった明暦の大火では、江戸の街の六割までが灰燼に帰し、十万人以上の犠牲者が出た。つい数日前にも、四谷の北伊賀町から出火し、赤坂や芝までも類焼している。

幕府は、瓦葺き屋根の奨励や火除地の設置などで火事の広がりをくい止めようとしているが、あまり効果は上がっていない。

筋違橋の東にも広大な火除地があり、夏には死体の一つや二つ転がっていても容易に見つからぬほど雑草が生い繁っているが、今は黒々とした土が固く縮こまっているだけの荒涼たる眺めだ。火除地の隅には町内で雇われた番人の住む小屋が建っているが、最近では無人になっているということだ。

犬下乱四郎は、二人の武士を連れて、その火除地にやってきた。二人とも、二十代前半の勤番侍風である。

「さて――」

懐手のまま振り向いた乱四郎は、

「ここなら、野暮な邪魔も入るまい。用件を承ろうか」

小馬鹿にしたような口調で訊く。

「犬下乱四郎と申すのは、其の方で間違いないな」

がっしりとした軀つきの武士が、念を押す。

「こんな姓名の浪人は、広い江戸にも二人とおるまいよ」

「変わった姓だが、本名か」

「何の。昔はこれでも、稲毛という立派な姓があったのさ。だが、八年前に、大坂にいた実の兄が鳩を鉄砲で撃つという馬鹿な真似をしでかしてなあ。上司同輩ともども十一人が雁首並べて、腹を切った」

「あの大坂定番事件の……」

二人は、顔を見合わせる。

「兄の子らは遠島。俺は他家へ養子に入っていたのだが、すぐさま追い出されて、その日から浪人暮らしさ。だが、命があるだけ、俺は兄よりはましだった。仮にも腰に大小を差した武士が、戦さ場なら死に甲斐もあろうが、たかが鳩一羽のために切腹させられるとは、情けなくて涙も出ぬわ」

「……」

「鳩より犬より軽き命ゆえ、俺は、稲毛ではなく犬下と名乗ることにした。どうだ、得心がいったかな」

「その話は、もうよいっ」

悲惨な話をこともなげに語る乱四郎に気圧されたようになった二人は、気持ちを奮い立たせるためか、わざとらしいほどの大声で言う。

「其の方、松山真之輔に無法を働いた覚えがあろうな」

「松山……はて？」

「先日の夜、愛宕下の…中間部屋でだっ」

それで、わかった。愛宕下にある大名家の屋敷の中間部屋では、数日おきに賭場が立つ。乱四郎は、その賭場の用心棒を務めている。

北伊賀町の火事の前々日だから、たしか、十六日の夜更けだろう。酒に酔った若い侍が、負けが続くと荒れ出して、「その賽子が怪しい」と因縁をつけたのである。

乱四郎は、その侍を中間部屋の外へ連れ出した。そして、大刀を抜いて斬りかかってきた侍の小手を、木刀で打ち据えた。骨に罅くらいは入っただろうが、命には別状ない状態で表へ放り出しておいたのだ。

「ああ、思い出したよ。あの御仁、松山と申されるのか。夜明けに表を見たら姿が見えなかったから、天狗にさらわれたのでなければ、自分の足で歩いて無事に屋敷へ戻ったのだろうと思っていたが……方々は、ご丁寧に代理で詫びを入れに来られたのかな」

「ふざけるなっ」

丸顔の武士が、顔を真っ赤にして吠える。

「我らは、真之輔と同じく新陰流道場で剣を学ぶ者、其の方のような無頼漢は許しておけぬ。この場で成敗してくれるぞ！」

「ほほう。博奕は天下の御法度、その御法度破りの賭場で野暮を言った挙げ句に、長いのを引っこ抜くようでは、松山先生、ずいぶんと修行が足りなかったようだな」

乱四郎が冷笑すると、二人は激怒して抜刀した。

「わしは鈴本彦右衛門っ」

「津川四郎太じゃっ」

さすがに主家の名前は伏せて、二人は名乗りを上げる。乱四郎は、ゆっくりと懐から出した右手で大刀を抜いて、

「天下の新陰流、後学のためにその太刀筋を見せてもらおう」

皮肉な嗤いを浮かべたまま、右脇構えをとる。宝風呂の前で会った時から、この二人が並以上の腕前であることを見抜いていた。一対一ならいざ知らず、一対二では、かなり苦戦しよう。

だからこそ、小馬鹿にしたような態度をとって、相手を挑発したのである。二人とも頭に血が昇って冷静な連携攻撃ができなくなれば、乱四郎の勝機が増えるだろう。

夕空の下で、乱四郎と二人の武士はそのまま対峙する。

木枯しこそ吹いていないが、草履の裏から地面の冷気が、じわじわと乱四郎の素足に滲み入ってきた。「お気をつけて……」と心配そうに見送ってくれた椿の

顔が脳裏に浮かび、乱四郎は、それを打ち消した。

真剣勝負の場で心が緩めば、格下の者にも後れを取ることがある。まして、この二人は、新陰流道場の門人なのだ。

柳生但馬守宗矩を宗家とする将軍家御留流の柳生新陰流は、新陰流の傍流である。上泉伊勢守信綱を始祖とする新陰流の正統は、柳生石舟斎から長子・厳勝の次男・兵庫助に受け継がれた。

柳生兵庫助利厳は、尾張徳川家に剣術指南役として仕え、尾張柳生と呼ばれる。

現在は、柳生連也斎の養子・兵庫厳延が六代目宗家となっていた。

まだ人を斬ったことはないだろうが、その実力において江戸柳生に勝るという尾張柳生の宗家の教えを受けている二人を、甘く見るわけにはいかない。

「うぉおっ！」

膨れ上がった双方の殺気に耐えきれなくなったかのように、丸顔の津川四郎太が突進してきた。

大上段から振り下ろすのを、乱四郎は左へ抜けつつ、峰を返して逆胴に打つ。

肋骨を折られた四郎太は、背中を丸めて顔面から地面に倒れこんだ。

その時には、彦右衛門が、火を噴くような諸手突きを繰り出している。それをかわした乱四郎は、右手の水平に構えた大刀の峰で、相手の喉を打った。

軽く当てただけであったが、相手の突進の勢いがあるから威力が倍加されて、喉仏がひしゃげたらしい。刀を放り出して膝をついた彦右衛門は、喉を掻きむしる。

「――」

何とか斬らずに二人をあしらうことができたので、乱四郎は大きく息を吐いた。新陰流の門人など斬り殺したら、その意趣返しで命が幾つあっても足りなくなるだろう。

が、鼻柱を折ったらしく顔面を血だらけにした四郎太が立ち上がり、彦右衛門が脇差を抜いたのを見て、舌打ちする。彼らの兵法者としての意地を、甘く見ていたようだ。

「私闘で命を失っては、お主らも家名にかかわろう。この辺で手打ちにしないかね」

「黙れっ」

激痛のために老婆のように嗄れた声で、四郎太が叫ぶ。その時、ちりーん……と鈴の音がした。

見ると、いつの間にか、三人の近くに菅笠を被った旅装束の男が立っている。何かの物売りのように、胸の前に首から四角い箱を下げていた。右手に息杖をもっていて、その先端につけた鈴が鳴ったのである。

「何だ、貴様はっ」

不明瞭な声で、四郎太が怒鳴った。

が、侍が三人、刀を抜き合っているというのに、その男は無人の道をゆくがごとく、彼らの間を通り抜けようとする。

「此奴、無礼な！」

怒りに我を忘れている四郎太が、その男を袈裟懸けに斬り下ろす。

四

血迷った津川四郎太の刀が真っ二つに斬り裂いたのは、菅笠であった。

旅姿の男の姿は、一間ほど先にある。どうやって刀をかわし、そこまで移動したのか、まるでわからなかった。

五十代半ばの平凡な顔つきをした男は、たった今、殺されかかったというのに、

「――何をする」

無表情に四郎太を見つめて、低い声で言う。古びた石臼を挽いたような重々しい声であった。

そいつは、勇魚の権太に田上屋倉右衛門と名乗った男であったが、四郎太たちも乱四郎も、それを知るよしもない。

「き、貴様、胡乱な奴っ」

さらに逆上した四郎太が、鈴本彦右衛門が止める間もなく、小柄な倉右衛門の首筋めがけて大刀を水平に走らせる。

倉右衛門は無造作に右手の息杖で、その刃を受け止めた。そして、左手で、首から下げた箱の脇についていた紐を引く。ことん、と箱の前蓋が倒れ、箱の中身が丸見えになった。

「うっ！」

四郎太は息を呑んだ。

箱の中に納められていたのは、髑髏であった。しかも、かなり古いものなのに、頭部から黒々とした髪が長く生え、とぐろを巻いたそれを座布団のように髑髏の下へ敷いている。

「御前様に刃を向けた者……死ぬべし！」

倉右衛門がそう言うと、髑髏の眼窩の奥が青白く発光する。

「おわ……うぎゃあああァっ！」

四郎太が悲鳴を上げた。その顔面の皮膚と肉が、赤黒い砂となって、ざらざらと崩れ落ちたからだ。

大刀を放り出した四郎太が、その崩壊をくい止めようと両手で顔を押さえたが、その指先が、ずぶずぶと顔骨の中へのめりこんでしまう。皮膚や肉だけではなく、頭蓋骨もまた、砂になって崩れてゆくのだ。

己れの頭蓋骨の中身を自分の指で掻き出すような形で、四郎太は生きたまま頭部を失った。その失った頭部をまさぐるような両手もまた、砂になって落ちてゆく。

ついに、肉体の全てが砂となって地面に落ち、衣服が主をなくして、骨肉砂の上にへたりこんだ。大刀の鞘と脇差が地面に転がる。

「な…何という……化物かっ」

友を殺された彦右衛門は、右膝を折り畳むと姿勢を極端に低くして、諸手突きを繰り出す。彼の刀は、倉右衛門の腹の真ん中を深々と貫き、切っ先が背中から突き出した。

「たわけどもが」

その傷口から一滴の血も流さずに、倉右衛門が冷ややかに言うと、再び髑髏の眼窩の奥が発光した。

「ちいっ」

立ち上がりつつ大刀を引き抜こうとした彦右衛門は、ぎょっとした。立てない。

それもそのはず、左右の足首が砂になって崩れているからだ。

「俺の軀が、俺の軀が崩れる……っ！」

刀の柄から手を放した彦右衛門は、倉右衛門に両手を合わせて、

「助けてくれ、何とかしてくれっ」

涙を流しながら、命乞いした。

「もう、遅いわ」

倉右衛門が冷酷に宣言すると、新陰流兵法者の全身が、ざざーっと一気に崩れ落ちる。

それを見届けた倉右衛門は、自分の胴体を貫通している大刀を軽々と引き抜くと、投げ捨てた。衣服が裂けているが、やはり血は流れ出ない。

立ちつくしている乱四郎に目もくれずに、すたすたと番小屋の方へと歩いてゆく。

(俺を無視するとは……！)

屈辱感で腸が千切れそうになった乱四郎であったが、倉右衛門の背中に斬りつけないだけの自制心は残っている。相手は人間ではないのだ。

必殺の一撃をかわしたり、腹を刺されても痛みを感じないということは、まだあり得るとしても、その傷口に血も滲まないというのは、人間ならば絶対にあり得ない。魔人と呼ぶべきだろう。

(何が何だかわからんが……退散するのだ、この場から一刻も早くっ)

素早く納刀した乱四郎が踵を返そうとした時、倉右衛門の手が、番小屋の引戸に触れた。ばしっと音を立てて、引戸が二つに裂け、左右に倒れる。

薄暗い小屋の中に、蹲っている人影が見えた。女であった。武家者らしい身形だ。二十二、三の年増だが、品のある美しい顔立ちをしている。

「くく、く……逃げられはせんぞ、金碗花苗」

怯え切っている女に、倉右衛門は、にたにたと嗤いかけた。花苗と呼ばれた武家女は、手にしていた懐剣の袋を開きながら、不死身の魔人を睨みつけて、

「お前は何者なの？」

「わしの名は多賀倉右衛門……永禄年間に北条氏康の軍一万によって滅ぼされた上総国池和田城の城主、多賀蔵人の末裔じゃ。池和田城が落ちたのは、家臣の吉山七太郎が北条軍に内通し、城に火を放ったため……その七太郎の末裔の権太という者は、御前様のお力により、すでに死に果てた」

「……」

「今度は、わしが御前様の仇討ちをお手伝いする番でな。お前を、たっぷりと責め苛んで殺してくれるわ。だが、その前に、里見の黄金の秘密を洗いざらい喋ってもらおうかい」

「知らぬっ」

女は、美しい化粧糸を巻いた懐剣の柄をつかんだ。かなわぬまでも抵抗しようというのだろう。

乱四郎は、自分でも考える前に、倉右衛門の背後に駆け寄っていた。大刀の柄に右手をかけている。

無頼の暮らしに溺れてはいるが、侍の端くれとして、罪なき女が生きたまま砂と崩れるのを黙視するわけにはいかない。

「やめておけっ」

背中を向けたままで、倉右衛門は、ぴしゃりと言う。

「この女は御前様の仇敵である金碗八郎の子孫、一寸刻みに地獄責めにせねばならぬ者……おのれごときがかかわることではないわ。早う、尻尾を巻いて去ね」

「ぬうっ」

乱四郎は大刀を引き抜いた。刃物の通じぬ相手とわかってはいるが、ここまで虚仮にされては、一太刀なりとも浴びせねば腹が治まらぬ。

「それほどに死にたいか」

倉右衛門が振り向こうとした——その時、胸の前の箱が、かたかた……と鳴り出した。

「こ、これは何としたことじゃっ」

倉右衛門が狼狽える。箱の中で、黒髪の髑髏が土鍋で炒られた豆のように飛び跳ねているのだ。

「これ、御前様、どうなさいました、その苦しみようは一体……」

はっと倉右衛門は、花苗の手の懐剣を見た。

「その懐剣は、もしや……夕霧丸かっ」

憤怒の形相になった倉右衛門は、両手の指を鷲の爪のように鋭く曲げて、女につかみかかった。その背中に、乱四郎の剣が走る。

「ぐえっ」

斜めに裂けた背から、並の人間と同じように赤黒い血が噴き出した。この男の不死身性は、箱の中の髑髏の妖力によって支えられているらしい。

びゅう……と強風が火除地を吹き抜け、土埃が舞い上がる。血のように赤い夕空に、青白い稲妻が走った。

倒れた倉右衛門の軀を飛び越えた乱四郎は、女の手を取り、

「何をしておる、早く逃げるのだっ」

「あっ」

力まかせに女を引き起こすと、彼の背後で倉右衛門が起き上がる気配がした。

「おのれっ」

乱四郎は片手で、叩きつけるように大刀を振るう。倉右衛門の首が飛んだ。切断面から間欠泉のように血柱が噴き上がる。吹っ飛んだ首は、一間ほど後方に落ちた。

が、首のない肉体は、両手で髑髏の箱をしっかりとつかんだまま、よたよたと

乱四郎たちの方へ近づいてくる。

乱四郎は思いっきり、その腹を蹴り飛ばした。倉右衛門は、空樽のように吹っ飛ぶ。

見えない大蛇のように火除地を吹き荒れる風は、ますます強くなり、みしみしと番小屋が軋み出した。

「ええい、面倒だっ」

「きゃあっ！」

羞じらいの悲鳴を上げるのを構わずに花苗を小脇に抱えると、乱四郎は一目散に逃げ出す。

その背後で、番小屋が紙細工のようにあっさりと倒壊した。天を裂くような勢いで稲妻が閃き、雷鳴が江戸の街に轟き渡る……。

五

「で――」乱四郎は溜息交じりに言う。

「あんた、花苗さんといったな。いつまで、そうやってお地蔵様みたいに黙りこんでいる気かね」

そこは犬下乱四郎の塒――浅草寺の裏手の畑の中にある一軒家の六畳間だ。

元は札差の妾宅だったが、二年前に間男が妾と下女を刺し殺して自分も首をくくり、誰も住まなくなったのを、無料同然で乱四郎が借りたのである。

途中で駕籠を拾って、ここへ辿り着いてから、もう三刻――六時間近くにもなるが、その間、金碗花苗は一言も口をきかない。夕食を勧めたが、無言で首を横に振るばかりなので、乱四郎が一人で済ませたのだ。

「袖振り合うも多生の縁というじゃないか。あんな化物から命からがら逃げ延びた仲だ。事情くらい話してくれても、罰は当たらんと思うがね、どうだ」

「貴方様も……」

花苗は刺すような眼で、乱四郎を見る。

「やはり、黄金が目当てでございますか」

「何だとっ」

さすがに、乱四郎は、かっとなった。

この女を見捨てて逃げることができたのに、命賭けで魔人の背中に一太刀浴びせたのだ。それを、黄金だか何だか知らないが、欲得ずくのように言われては我慢ができない。

臍の緒を切って以来、どんな高慢無礼な女にも手を上げたことのない乱四郎であったが、思わず、相手の胸元をつかんだ。

と、精一杯の虚勢を張っていた女の顔が、幼児のように怯えた表情になる。その劇的な変化と肌の匂いが、男の獣心に火をつけた。

怒りと欲望がないまぜになって、相手の唇を荒々しく奪う。花苗は抗ったが、並の女の胴よりも太い腕に抱きすくめられると、どうにもならない。

存分に甘い唇を貪ってから、乱四郎は、押し倒した女の裾前を開いた。下肢を割って、膝を入れる。

「厭、厭ですっ」

男の分厚い胸を突きのけようとする花苗の細い両手首を、乱四郎は大きな左手だけでつかみ、頭の上に押さえつけた。そして、右手で内腿を撫で上げる。

「堪忍して……ひっ」

足の付け根にある女の聖域に乱四郎の指が触れた途端、花苗の抵抗が止んだ。全身から力が抜ける。

恥毛は豊かであった。すぐさま挿入することもできたが、乱四郎は無言で執拗に指を使う。仕返しのように、嬲る。

「ああ……そんな……駄目え……」

熱く蜜を迸らせて、女は乱四郎にしがみついてきた。乱四郎は腰の位置を直すと、下帯の脇から猛々しいものをつかみ出す。

濡れそぼった割れ目にあてがうと、一気に貫いた。

「――っ!!」

二十三歳の花苗は白い喉を見せて、仰けぞった。その時には、乱四郎の長大な凶器は、根元まで深々と女の内部に埋まっている。

きつい。指先でまさぐった時にわかっていたが、やはり、処女であった。乱四郎は腰を静止させて、初々しい破華の締め具合を充分に味わう。

花苗は固く目を閉じて、疼痛に耐えている。獣欲が半ば達成されると、勝手なもので、急に女に対する憐れみを覚えた。

乱四郎は、そっと唇を重ねる。すると、女の方が唇を開いた。舌を差し入れると、絡めてくる。

「ん、んぅ……」

熱っぽく、その舌を吸いながら、乱四郎は緩やかに律動を開始した。浅く、深く、右に、左に、初めての交わりに緊張している女体を緩急自在に責め抜く。

責めながら、女の帯を解き、裸に剝いた。自分も全裸になる。花苗は肉づきがよく、乳房も大きかった。たっぷりと炭を使った火鉢のせいで、座敷の中は暖かい。

いつしか、花苗の四肢が、悍馬のように逞しい乱四郎の軀に絡みついていた。苦痛に耐えていた呻きに、次第に甘ったるい喘ぎが加わる。

さすがに年増だけあって、生娘ながら肉体は完全に成熟していた。女壺の内襞の味も、締まり具合も、申し分ない。

充分に味わってから、乱四郎は大量に放った。ほぼ同時に、花苗も小さな絶頂に達して、花孔を痙攣させる。

しばらくの間、二人は無言で抱き合っていたが、乱四郎のものは衰えなかった。ゆっくりと腰を使うと、花苗も臀を蠢かせる。

「辛くはないか」

抜き差ししながら乱四郎が尋ねると、花苗は潤んだ瞳で彼を見上げて、

「はい……」羞かしそうに、頷く。

「わたくしは淫奔な女なのでしょうか」

「馬鹿な。これが本当の男と女の姿だ」

そう言って乱四郎が接吻（せっぷん）すると、花苗は彼の唾液（だえき）を吸い、飲みほした。自分を本気で守ってくれる男に、今は熱い愛情を感じているのであろう。

二度目だから、乱四郎は長く続く。花苗は明白な悦（よろこ）びの声を上げた。乱四郎は遠慮なく、責めて責めて責めまくる。

武家の慎（つつし）みをかなぐり捨てて、汗にまみれた花苗が悦楽の頂点に達した時、乱四郎は射出した。花苗の背が弓なりに反り返る。

互いに余韻（よいん）を味わってから、乱四郎は枕紙（まくらがみ）をあてがって、抜いた。彼が後始末をしてやると、花苗はひどく羞かしがる。

汗をふいて着物を着ると、乱四郎は、五合徳利（ごごうどっくり）の冷や酒を湯呑みに注（つ）いだ。一気に飲み干す。再び注いで、それを花苗に渡した。

花苗は一口飲んでから、

「あの……」

「ん、何だ」

「女は……いつも、あのような姿勢をしなければならぬのですか」

艶（なま）めかしい眼差（まなざ）しで、乱四郎を見た。

「あのような――とは、蛙（かえる）が踏み潰されたような恰好（かっこう）のことか」

両手で顔を覆った花苗の全身に、力ずくで処女を奪った男に対する媚が漲っている。

「あれが基本だが、他にも色んな形がある。朝まで、ゆっくりと一つずつ教えてやろう」

そう言ってから、乱四郎は真顔になって、

「だが、その前に、そなたの胸の中にあるものを、打ち明けてはくれぬか」

「はい――お話しいたします」

花苗も居住まいを正して、

「わたくしは、九十年前にお取り潰しになった安房里見家の遺臣の娘でございます」

「里見家……」

慶長十九年に安房藩が取り潰しになり、第十代藩主の里見忠義が配所で無念の死を遂げたことを、花苗は説明した。そして、里見八犬士のことや、里見家再興資金となる百万両相当の黄金が房総半島の何処かに隠されていることも。

「倉右衛門という奴が言っていた里見の黄金とは、そのことか。しかし……役行者の予言が頼りとは……心許ないな」

「厭……」

伏姫の数珠、八犬女、八連黒子の男子——あの不死身の魔人を見ていなければ、容易には信じられぬ話である。髑髏の魔力を利用しようとした倉右衛門は、逆に、髑髏の奴隷になったのだろう。

「我ら里見の者は、末代までも予言成就を待つ覚悟でございます」

「それはそれで立派な心がけだが……あの髑髏、そなたを仇敵の子孫と言った髑髏は、何者だ。倉右衛門は御前様と呼んでいたが」

「あれは、おそらく……玉梓の首でございましょう」

「玉梓……？」

六

室町時代末期——安房の平群・滝田城に神余長狭介光弘という武将がいた。光弘は、玉梓という絶世の美女を寵愛し、ついには玉梓と密通していた佞臣・山下定包の罠にかかって命を落とした。

滝田城を乗っ取った山下柵左衛門定包は、領民から年貢を搾り取り、淫婦・玉梓とともに酒池肉林の毎日。光弘の家臣であった金碗八郎孝吉は、里見又五郎義実に、定包と玉梓の悪行を訴えた。

正義のために兵を挙げた里見義実は、滝田城を攻めた。形勢不利と見た二人の悪臣が定包を討ち、その首を土産に義実に取り入ろうとしたが、それまでの悪行を見抜かれて処刑された。

そして肝心の玉梓だが、里見義実は、相手が女なので命だけは助けてやろうと考えた。が、金碗八郎の諫言によって思い返し、玉梓の斬首を命じる。

処刑の場で首を落とされるまで、玉梓は八郎と義実を罵り、子々孫々まで祟ってやると叫んだ。その首は、城下の辻にさらされていたが、何者かによって持ち去られた。

海に投げ捨てられたとも、根角穴の中に埋められたとも噂されたが、その真相は定かでない……。

「伏姫様の許婚であった金碗大輔孝範は、出家して、大法師となり、のちに里見八犬士の活躍を助けました。わたくしは、大輔の妹の小笹の子孫なのでございます」

「それで、玉梓の髑髏がそなたを殺そうとしたのか……だが、そなたの懐剣を見て、髑髏はひるんだようだな」

「はい、これでございますね。名刀村雨丸と対になった短剣夕霧丸でございます」

花苗は、例の懐剣を乱四郎に見せる。柄の一文字巻きの化粧糸を眺めていた乱四郎は、眉をひそめて、

「この化粧糸の中の黒糸は、ひょっとして髪の毛ではないのか」

「仰せの通り」

花苗は、生まれて初めて肌を許した男の慧眼を、誇らしく思ったようである。

「それは、伏姫様の遺髪でございます」

「何、伏姫の……」

愛娘・伏姫の死を見届けた父の里見治部大輔義実は、その髪の一部を切り落とし、化粧糸の中に織りこんで、家宝の夕霧丸の柄に巻かせたのである。その夕霧丸は、金碗小笹に与えられて、今日まで金碗家代々に受け継がれてきたのだ。

「なるほどな。玉梓の髑髏を追い払ったのは、神女伏姫の霊力であったか」

そこまで言った乱四郎は、はっと顔色を変えて、素早く夕霧丸を花苗に返した。

そして、大刀をつかむと、庭に面した障子を、さっと引き開ける。

風も稲妻も止んだ深夜の闇の中に、編笠を被った中年の武士が立っていた。

「何者！　倉右衛門の仲間かっ」

花苗を背後に庇い、大刀の鯉口を切って、乱四郎は誰何する。

情交の後で神経がやや弛緩していたとはいえ、乱四郎に全く気配を感じさせなかったのだから、ただ者ではない。夜気の寒さのせいではなく、相手の威圧感のために、思わず胴震いをしてしまう。

「庭先に勝手に入りこんだ無礼は、詫びよう」

袴姿の痩身の武士は、ゆっくりと編笠を取って、

「拙者は、柳生兵庫と申す者」

「柳生……！」

乱四郎は絶句した。気配に気づかなかったのも道理、相手は尾張柳生の宗家・柳生兵庫巌延なのである。四十前後だろう、威風堂々たる態度だった。

「な、何故に、私の家に参られた」

門人の二人が俺に斬られたと誤解しているのだろうか――と乱四郎は考えた。

「お主が今、胸の中で考えた理由で、参ったのだ。津川たちが、お主を捜しに宝風呂へ行ったまま帰らぬと聞いてな」

こちらの心中を見透かしたように、兵庫は言う。

「だが、その疑いは晴れた」

左右の手を交互に揉みながら、

「失礼ながら、今の話を立ち聞きさせてもらったのでな」

「柳生殿、信じていただけますか」

内心、ほっとしながら、乱四郎は訊く。もしも兵庫と刃を交えたら、到底、自分に勝ち目があるとは思えない。

「にわかには信じ難い話ではあるが……風に飛ばされて木の枝に引っかかっていた津川の袴は、下帯が締めたままの恰好で中に入っていた。脱ぎ捨てたのなら、そんな形になるわけがない。だが、玉梓なる女妖の魔力によって肉体のみが砂になったというのが本当なら、辻褄が合う」

「その通りです」

「だが──」

柳生兵庫の手が、さりげなく大刀に伸びる。乱四郎は、反射的に抜刀した。

「後ろだ！」

兵庫が叫ぶのと、乱四郎たちの背後の畳が爆発したように天井まで吹っ飛ぶのが、ほぼ同時であった。乱四郎は咄嗟に、花苗を抱いて庭に転げ落ちる。

床板を突き破って出現したのは、魔人・多賀倉右衛門だった。いや、違う。胸の前に例の木箱はなく、首の上に載っているのは黒髪の髑髏であった。

つまり、玉梓の髑髏が倉右衛門の肉体を乗っ取ったのである。

「死ぬ……のダ……」

髑髏の下顎が、かたかたと動く。

「みんな……死ヌがよい」

かろうじて女のものとわかる声であった。

「──女妖め」

すらりと大刀を抜いた柳生兵庫は、一気に座敷へ駆け上がると、脇構えから斜めに斬り上げた。玉梓は、ふわりとかわしつつ、彼の頭上を飛び越える。

そして、庭先に下りると、ほとりと左腕が落ちた。頭上を飛び越えた時に、兵庫に斬られていたのだ。が、その傷口からは血が出ない。

玉梓は、残った右腕で乱四郎を無造作に払った。乱四郎の巨軀が、二間も吹っ飛ぶ。毬のように転がった乱四郎は、立ち上がりながら、肋に罅が入ったのを自覚する。

玉梓は、右手で左腕を拾い上げて、左肩の切断面に合わせた。すぐに、接着する。

「玉梓、これを見よっ」

花苗が夕霧丸を抜いて、逆手に構えた。が、玉梓はひるまない。

「ふ、くく……」

含み笑いすらしている。

「駄目だ、花苗っ」乱四郎は叫ぶ。

「おそらく、軀を手に入れたので、玉梓の魔力が強くなっているのだ」

「さて…誰からか砂にしてやろうか……」

玉梓は、ゆっくりと三人を見回して、乱四郎の方を向くと、

「やはり……あの時…邪魔しテくれたお前からだ」

乱四郎は、身の毛がよだつのを感じた。生きたまま砂になるのか、防ぐ術はないのか。

その時、

「乱四郎様、危ないっ！」

玉梓に軀をぶつけるようにして、花苗が夕霧丸を振り下ろした。その刀身が、髑髏の右の眼窩を貫く。

「〜〜〜〜〜〜〜〜っ!!!」

鼓膜が破れそうな絶叫が、髑髏の口から発せられた。同時に、花苗が吹っ飛ば

される。その軀が、庭の松（まつ）の大木に背中から激突した。

「おのれっ！」

憤怒の塊（かたまり）と化した乱四郎が、突進して袈裟に斬りつける。左肩から右脇腹まで、斜めに両断された倉右衛門の上体が、ずさりと地面に落ちる。それに載っていた玉梓の髑髏が、矢玉のように空へ飛び上がった。

長い髪を尾のように翻（ひるがえ）し、右の眼窩を夕霧丸に貫かれたまま、

「滅びぬ、必ズや復活してみせようぞ……」

そう叫びながら、夜空の彼方（かなた）へ飛び去る。残された倉右衛門の軀は、どろどろと真夏の雪のように溶け出した。

「花苗！」

乱四郎は、倒れたまま動かない花苗に駆け寄った。が、助け起こそうとして、背骨が小砂利（こじゃり）のように砕（くだ）けていると気づき、愕然（がくぜん）とする。

「……」

花苗の唇が、かすかに動いた。微笑（ほほえ）んだように見えた。そして、瞳から光が失（う）せる。

「花苗……」

涙ぐみながら、乱四郎が花苗の軀を抱きしめた、その刹那――大地が鳴動した。

彼の怒りと哀しみを代弁する如く、不動であるべき大地が波打つ。障子や雨戸が倒れ、柱の一本が折れて、屋根が斜めに傾いだ。

元禄十六年十一月二十二日の深夜――江戸は大地震に襲われた。世にいう〈元禄大地震〉である。

斎藤月岑の『武江年表』によれば、「大地震、戸障子たふれ、家は小船の大浪に動くが如く、地二、三寸より所によりて五、六尺程割れ、砂をもみ上げあるひは水を吹き出したる所もあり。石垣壊れ、家蔵潰れ、穴蔵揺れあげ死人夥しく、泣きさけぶ声街に囂し。又所々毀れたる家より失火あり……」という凄惨な有様であった。

震源地は房総沖の相模トラフ。地震の規模は、推定でマグニチュード八・二。

その被害は、小田原・鎌倉・大島・八丈島にまで及んだ。

倒壊家屋は二万軒以上、地震・火事・津波による死者の総計は十五万人以上といわれている。

まさに、地獄図が展開されたのであった。

ようやく揺れが収まると、庭へ飛び出していた柳生兵庫が、乱四郎に近づいて、

「今の地震、まさか玉梓の力か……拙者は至急、藩邸に戻らねばならぬが、乱四郎、お主はどうする」

「――須田町へゆきます」

花苗を地面に寝かせて、立ち上がりながら乱四郎が言った。沈痛な表情の奥に、湧き上がる熱い感情のうねりがある。

「須田町……しかし、あれほどの揺れだ。神田川の橋は皆、落ちているかも知れんぞ」

「橋がなければ、泳ぐまでです」

「そうか……二度と逢うこともなかろうが、気をつけてゆくがいい。では」

乱四郎の面に堅固な決意を見て取った柳生兵庫は、編笠を被って足早に立ち去った。

残った乱四郎は、花苗に向かって両手を合わせて、

(椿の無事をたしかめたら、必ず戻ってきて埋葬してやるからな。花苗、それまで待っていてくれ)

心の中でそう詫びると、乱四郎は裏木戸から外へ出て、走り出した。

「灯りを消せっ、家が倒れたら火事になるぞっ」

新井白石はそう叫びながら、波のように揺れる湯島一丁目の通りを走ってゆく。

中間と若党が、必死でその後をついてくる。

小路に集まって為す術もなく悲鳴を上げていた町人たちは、あわてて、家の中の行灯や蠟燭の灯りを消し始めた。

甲府藩主・徳川綱豊に仕える儒者である白石は四十七歳、この時代では中老人に近い年齢だが、まだまだ壮健である。

儒者というと知力だけの青瓢簞のような者を想像しがちだが、白石は十一の年から進んで剣術の稽古を始め、手習いも忘れるくらい修行に打ちこんだほどだから、腕も立つ。

八十二歳で亡くなった父の新井正済は、その晩年、杖にすがって歩くような状態であった。だが、訪れた寺の境内で泥酔した男が刀を振り回し、皆が逃げ惑っていると、正済はするすると男に近づき、その手をつかんで蹴り倒した。そして、刀を取り上げてそばの溝に捨ててしまい、何事もなかったかのように部屋へ戻ったという。

戦国の気風を忘れず、常に武人であり続けようと克己した父親と同じ血が、息子の白石の体内にも流れているのだ。

地震が起こった時、白石は家族を庭に避難させると、すぐに支度をして飛び出した。桜田門外にある甲府藩上屋敷に駆けつけて、主君の無事をたしかめねばならぬ。

半月の光を頼りに、三叉路を右へ曲がって走り、昌平河岸に突き当たる。江戸川沿いの通りには、六尺ほどの幅の亀裂が数条、走っていた。

「落ちるなよ、足下に気をつけろ」

供の者たちにそう言うと、中間の銀平が青ざめた顔で、

「旦那様、地面に呑みこまれるんでは……」

「その時はその時だ、続けっ」

左へ曲がって、昌平橋の方へ走る。ようやく揺れは収まっていた。幸いにも、昌平橋は落ちてはおらず、土台も崩れてはいない。

が、その袂から橋を二間ほど渡ったところで、怒鳴り声を上げている者がいた。慈姑頭の中年の医者で、そばに肉づきのよい用心棒らしき浪人が控えている。

その二人の前に、貧しげな身形の母と幼い男の子が土下座していた。

「わしを誰と思うか。中野お犬様御殿付きの医師林宗久様の一番弟子の伊坂順斎じゃ。大奥のお女中方のお犬様のお脈をとったこともある、伊坂順斎じゃぞ」

「は、はい……」

「そのわしに突き当たり、薬箱を落とさせておいて、それで何事もなく済むと思うか」

「お詫び申し上げます。この子を抱いて逃げる途中、ひどい揺れだったものですから、つい、ぶつかってしまい……」

「くだくだ言い訳せずに、取ってこいっ」

順斎は、欄干から四間ほど下の水面を指さす。橋脚の根包のところに、薬箱が引っかかっているのが見えた。

「あ、あの、わたくしは徳利でございます。泳げませんっ」

徳利とは、泳ぎができずに水に沈んでしまう者のことだ。

無理な話で、山奥の川や池の近くで育った者ならいざ知らず、江戸育ちの町人ならば男でさえ泳げる者は多くはない。まして、水着のないこの時代に、泳げる女など、ごくごくわずかであった。

「何と理不尽な……」

新井白石は儒者にも似合わず、さっと大刀の柄に手をかけた。その両腕に、急いで銀平と若党の彦次郎が飛びつく。

「だ、旦那様、相手が悪うございますっ」

「順斎は、因業で有名な犬医師でございますぞっ」

「大奥にもかかわり合いのある犬医師などと争っては、御殿様にどのようなご迷惑が及ぶことか」

「むむ……」

藩主綱豊のことをもち出されると、生来短気な白石も歯噛みして耐えるしかない。

狂犬病に罹っている犬ですら処分してはならず、ただ穏やかに繋ぎ止めておけというのが、綱吉の法令である。大奥の犬駕籠が通る時には、旗本や大名すら頭を下げなければならないという時代である。

その大奥の犬を診る犬医師が、お犬様の威を借りて、とてつもなく傍若無人になったとしても不思議ではない。

「馬鹿め。この世で最も尊いのは、公方様とその御生母桂昌院様。その次に尊いのは、お犬様じゃ。貧乏人のお前らなんぞ、塵芥にも等しいものよ。尊いお犬様のための薬箱を取るために、たとえ溺れようが土左衛門になろうが、それは光栄なことではないか。さあ、取ってこいと言うに！」

順斎は、母親の肩を容赦なく蹴りつけた。倒れた母親にすがりついた幼子が、泣き叫ぶ。

「うるさい、うるさいっ」

癇癪を起した順斎は、黙って成り行きを見物していた用心棒に向かって、

「半兵衛さん、こんな無礼な奴らです。これ以上の問答も面倒だから、引導を渡してやってください」

「よかろう。こんな貧乏人、刀の穢れにしかならぬが」

半兵衛と呼ばれた浪人は、すらりと大刀を引き抜いた。

これを見て激怒した白石、

「無法っ」

力いっぱい銀平と彦次郎の腕を振りほどこうとした、その時、

「どけどけ、どけーっ」

彼らの背後から、矢玉のような勢いで飛び出してきた者がいた。着物の裾を臀端折りにした、犬下乱四郎である。

大刀を振りかぶった半兵衛の方へ突進すると、右手を閃かせた。

甲高い金属音がして、振り下ろされた刃が、鍔元から折れて吹っ飛ぶ。乱四郎が下からの抜き打ちで叩き折ったのだ。

「げっ……」

柄を握ったまま愕然とした半兵衛の腰を、無造作に蹴りつける。

「わぁっ」

「ひえぇっ」

半兵衛と順斎は、絡み合うようにして欄干から向こうへ落ちた。ややあって、音高く白い水柱が立つ。

納刀した乱四郎は、母子に目をやることもなく、昌平橋を駆け抜けていった。

「旦那様……」

今、自分で見たことが信じられないという風に、彦次郎は声を上ずらせる。

「彦次郎、わしらは何も見ておらぬ。銀平もよいな」

「は、はいっ」

「銀平、お前は、あの母子を助けて、この金でどこか安全なところで休ませてやれ」

白石は、幾つかの小粒を銀平に与えた。

遠く桜田門の方向に火の手らしきものが見える。白石は表情を引き締めて、

「行くぞ、彦次郎、遅れるなっ」

二人は昌平橋を駆け渡った。

余震のために銀鱗を散りばめたように細かく波立つ川面には、すでに順斎の姿も半兵衛の姿も見えなかった……。

元禄大地震から六年後の宝永六年一月十日——徳川五代将軍綱吉、死去。公式の死因は麻疹である。

臨終の間際に、綱吉は「余の亡き後も、百年も二百年も徳川家のある限り、生類憐愍令を続けよ……」と遺言した。

世継と長寿を得ることを目的とした法令のはずなのに、世継も得られず寿命も尽きようとしている時になっても、自分の死後もその法令の維持を厳命したということは、すでに綱吉は、正気ではなかったのかも知れない。

甲府宰相綱豊は、綱吉の養嫡子として六代将軍になることが決定しており、名も家宣と改めていた。

家宣は、綱吉の棺の前で遺言の遵守を強硬に主張する柳沢美濃守吉保に向かって、「天下万民のために、余は、あえて五代様の遺命に背く。ただちに、生類憐愍令を廃止せよ」と厳命したのである。

一月二十日、徳川幕府は正式に生類憐みの令の廃止を布告し、牢に繋がれていた六千七百名の未決囚を即日、釈放した。

さらに、五月になって家宣が正式に六代将軍の座に就くと、遠島や追放になっていた者も赦免された。その数、実に八千六百三十四名。

こうして、世界史に類を見ない悪法は姿を消して、〈正徳の治〉と呼ばれる穏やかな時代を迎えたのであった。

なお、柳沢吉保の意見を退けた徳川家宣の揺るがぬ態度には、将軍補佐役の儒臣・新井白石の進言が大であったといわれている。

大地震の混乱の最中に、犬下乱四郎が湯女の椿と逢うことができたかどうかは、定かではない――。

番外篇　幻人三兄弟（書き下ろし）

一

「無礼者っ」

凛とした声が、境内に響き渡った。

一喝して、己れの腕を掴んだ相手の手を払ったのは、十七、八と見える男装の娘であった。

整ってはいるが、いかにも勝気そうな顔立ちで、髷は結わずに黒髪を旋毛の辺りで括って、背中に垂らしている。

振袖に袴という姿で、腰には細身ながら二刀を差していた。

「無礼者とは何だ。此奴、女の分際で生意気なっ」

いきなり、「おい、酌をしろ」と男装娘の腕を掴んだのは、この下駄のように四角い顔をした浪人であった。

穏やかな陽射しの秋の午後――大坂は四天王寺の境内、南大門に近い掛け茶屋の出来事である。

店先の縁台に居座って、四人の浪人者が、ちびちびと酒を飲んでいた。

そこに美形の女兵法者が通りかかったので、狼どもが目をつけたのである。

「その格好は何だ。どうせ、坊主に臀を舐めさせている、妾代わりの色小姓だろうが」

大刀を腰に落としながら立ち上がったのは、髭を伸ばし放題にした達磨のような肥満体だ。

「女ごときに侮られては、浪々の身とはいえ、武士の一分が立たぬ。勝負して貰おう」

そう言ったのは、酒毒で軀を損なっているのか、土気色の顔をした浪人者である。

「飾りでなければ、その腰の物を抜いてみろ。まさか、竹光ではあるまいな」

頬の削げた痩身の浪人者が、さっと大刀を抜いた。

「抜いた、抜いたで」

「早う、逃げるんやっ」

周囲の参拝客は、あわてて、掛け茶屋から遠ざかった。茶屋の中の客も、一番奥へ逃げる。

刀を抜き放った四人が目の前に立ちはだかっても、男装娘は怖れる風でもなく、刀の柄に手をかけもしなかった。

「おい、女」

瘦身の浪人者が、粘着質の声で言う。

「両手をついて土下座するなら、命だけは助けてやる。その後で着物を脱いで、裸踊りをしてみせろ、どうだ」

「………」

男装娘は、口の端が僅かに持ち上がった。冷笑したのである。

「こいつめっ」

かっとなった瘦身の浪人者が、大上段から斬りかかった。

が、男装娘は振袖を翻しながら、その刃を蝶のように身軽にかわす。かわしながら、己れの大刀を抜き放っていた。

「わっ」

痩身の浪人者の右手が、大刀の柄を握ったまま、どさっと地面に落ちた。娘の剣が、彼の手首を切断していたのである。

「う、うう……」

血の噴き出す切断面を左手で押さえて、痩身の浪人者は地面に膝をついた。

「これで、竹光ではないことがわかっただろう」

にんまりと笑って、正眼に構えた男装娘が言った。

「意外とやるぞ、油断するなっ」

少し後退って、髭達磨が叫ぶ。

「囲め、囲むんだっ」

すると、下駄顔と土気色の顔の浪人が、男装娘の左右の斜め後ろに、さっと移動した。

つまり、正面・左後ろ・右後ろの三方向から攻めようというわけだ。

男装娘が、正面と右に注意すれば、左に対する気配りが疎かになる。正面と左に気をとられると、右からの攻撃に対処できないはずだ。

この無法浪人たちは、普段から、このように一人の相手を囲んで攻撃することに、慣れているのだろう。

「――」

冷笑を消した男装娘は、剣を右脇構えにした。そして、顔を正面と左後ろの中間に向ける。

右後ろの下駄顔の浪人が、そろそろと無言で間合を詰めた。

が、娘の剣先が、すっと自分の喉元に向けられると、「ひっ」と小さく叫んで、飛び退がった。

「むむ……」

正面の髭達磨は、男装娘を責め倦ねて、唸り声を洩らす。三方攻めでも、この娘兵法者には隙がないのだ。

瘦身の浪人者は激痛に喘ぎながらも、手拭いで右肘の近くを縛って、何とか血止めをしていた。

「どうした、来ないのか」と男装娘。

「では――こちらから参ろうかっ」

そう言い放った瞬間、娘は、燕のように飛んだ。三人の浪人者の間を飛び抜けながら、目にも止まらぬ迅さで、細身の太刀を振るう。

「ぎゃっ」

「げっ」

「おおっ」

髭達磨は左手首を切断され、下駄顔は右肘から、土気色は左肘から腕を斬り落とされた。

三人ともその場に臀餅をついて、切断面を手で押さえる。完全に、戦意を喪失していた。

「参ったっ」

「命だけは、お助けをっ」

「殺さないでくれっ」

不様なことに、口々に命乞いをする。

「ふふん、たわいも無い奴らだ」

得意げに血振した男装娘が、刀を鞘に納めた。遠巻きにしていた参拝客たちが、どっと歓声を上げる。

その時、彼女の背後で何かが割れる音がして、「ううっ」という呻き声がした。

振り向くと、痩身の浪人者が横倒しになっていた。その左手には、脇差を握っている。

そして、こめかみに傷があった。彼のそばには、二つに割れた湯呑みが転がっている。

つまり、左の脇差で男装娘を背後から斬ろうとした浪人者が、この湯呑みをこめかみにぶつけられたので、意識を失って倒れたのだろう。

「ぬっ」

男装娘は、きっと端の縁台の方を睨みつけた。

そこには、二十代半ばの浪人者が座っていた。灰緑色（かいりょく）の地に鮫小紋（さめこもん）という着流しの姿であった。左の手首には、二連の水晶数珠（すいしょうじゅず）を巻いている。

他の客が店の奥へ逃げたのに、この若い浪人者だけは、泰然（たいぜん）としてそこに腰かけたままだったのであった。

「この湯呑みを投げたのは、その方（ほう）かっ」

叩きつけるような口調で、男装娘は問う。

「——左様（さよう）」

その浪人者、出雲京四郎（いずもきょうしろう）は言った。

「余計な真似（まね）をするな。私とて、後ろの殺気には気づいておったわっ」

納刀（のうとう）していたくせに、男装娘は眉（まゆ）を逆立（さかだ）てて、負け惜しみを言う。

「そうでしょうな」

穏やかな微笑を浮かべる、京四郎だ。

彼の落ち着き払った態度が、さらに男装娘を激怒させたらしい。

「そなた――」

男装娘は一歩、前へ出た。

「少し、付き合って貰おうか」

二

四天王寺は、今から千百数十年前に、聖徳太子によって創建された。大坂の庶民は親しみをこめて、この寺を「天王寺さん」と呼んでいる。

高さが約四十メートルの五重塔には、聖徳太子の毛髪と仏舎利が納められているという。

昨年の夏――房州の由岐之浦で発見した百万両の黄金を、寺社奉行の大岡越前守に引き渡した出雲京四郎は、里見家遺臣団の出雲修理之介たちに別れを告げて、東海道を西へ向かった。

無論、滝沢小百合・朱桃・蓮心尼・お藤・お咲・五代院桜子・奈々・薊の八人妻も、彼と一緒である。

江戸を出立する時に、大岡越前が微行で見送りに来て、「これは路銀の足しに」と三百両を差し出した。京四郎は拘りなく、それを受け取って、礼を言ったのである。

そして、大坂の東寺町に、その三百両を元手にして、天眼一刀流の道場を開いたのだ。

道場の裏手に、京四郎たち九人の暮らす住居があり、さらに十二畳の離れが付いている。

この離れで、桜子姫や蓮心尼、小百合たちが、近所の子供たちを集めて無償で読み書きや算盤などを教えているのだった。

女の子には、縫い物も教える。意外なことに、縫い物が最も得意で、師匠になったのは、薊であった。

道場の経営も順調で、京四郎は門弟たちには身分の分け隔てなく接するし、教え方が上手いと評判であった。

八人妻の件も、武家の街である江戸と違って、商人の街である大坂では、あまり気にする者もおらず、「あすこの先生は、えらい艶福家やなあ。剣術だけやなくて、あっちの方も達人なんやろ」と羨ましがられるくらいであった。

今日は道場の稽古が休みなので、京四郎は、庚申堂の裏手に住む知人に借りていた書物を返した帰り道に、四天王寺に参詣したのである……。

「――ここらで、良かろう」

西門の近くの林の中へ入って、境内にいる人々の方からは、見えにくい場所である。

木々や灌木に遮られて、男装娘は、振り向いた。

「まずは、名乗っておく。私は、芳賀流結城道場の三兄妹の一人、結城波恵という」

京四郎を睨みつけながら、男装娘の波恵は言う。

「私は、東寺町で天眼一刀流の道場を開いている、出雲京四郎という者。見知りおいて貰いたい」

「東寺町の出雲道場……評判は聞いている。繁盛しているそうだな」

「私のような他所者を受け入れてくれて、有り難いことだと思っておる」

「ふん」結城波恵は鼻で嗤って、

「町人に諂う術と、剣術は別ものだぞ。その腕前、見せて貰おう」

男装娘は、すらりと細身の太刀を抜いた。

「抜け、勝負だっ」

「そなたと剣の勝負をする理由はないが」

あくまで落ち着いた口調で、京四郎は言う。

「理由はある」

波恵は正眼に構えた。

「先ほど、要らぬ手出しをして、私に恥を掻かせた。それが理由だっ」

「無体な……」

京四郎は眉をひそめる。

「そなたほどの腕前があれば、あの四人の浪人者を斬らずに追い払うことも出来たはず。境内で無用の血を流した挙げ句、逆恨みに等しい理由で剣を抜いて勝負を迫るとは、結城道場の看板に泥をぬる愚行ではないのか」

「愚行と申したな。許さんっ」

眦を吊り上げて、波恵は斬りかかった。

だが、京四郎は、その刃を事も無げにかわす。

「むっ」

手首を返して、波恵は、さらに横薙ぎを繰り出した。

が、その刃も、京四郎はかわしてしまった。

四人の無法浪人は軽くあしらった結城波恵であったが、幾多の死地をくぐり抜けてきた出雲京四郎が相手では、素人同然だった。

「逃げるかっ」

逆上しきった波恵は、軀ごとぶつかる勢いで、鋭い諸手突きを繰り出した。

ぎぃいーんっ、と耳を劈くような金属音とともに、波恵の大刀の刀身が吹っ飛ぶ。

「あっ?」

波恵は愕然とした。

諸手突きをかわした京四郎が、抜き打ちで波恵の刀身を鐔元から断ち割ったのである。

その刀は、鎌倉公方の宝刀・村雨丸だ。

「これで、気がすんだであろう。では――」

京四郎は大刀を鞘に納めて、踵を返す。

「待てっ」

波恵が呼び止めた。

「勝負はついたはずだが」

怪訝な面持ちで、京四郎は振り向く。

「わかっている、私の敗けだ。だから……私を抱けっ」

吐き捨てるように、波恵が言う。

「ん？」

京四郎は眉根を寄せた。

「勝負に敗ければ、命を失うのが兵法者の運命……だから、女の命である操を、差し出すのだ」

「しかし……」

「抱け。抱かぬと言うなら――」

男装娘は舌先を見せて、

「私はこの場で、舌を噛み切るぞっ」

三

夜具に、半裸の結城波恵が横たわっている。

十八歳の男装娘は、胸に白い晒しを巻いて、幅の狭い女下帯を締めていた。剃刀で剃り落としているのか、下帯の両側には、恥毛は見えていない。

四人の浪人者を軽くあしらっただけあって、鍛え抜いた波恵の肉体である。よほどの修業を積んだらしく、全身が無駄なく引き締まっていた。

同時に、年頃の娘らしい艶っぽさも、五体から滲み出ている。

「どうぞ……お好きなように」

目を閉じて顔を背けたまま、波恵は掠れたような声で言った。その顔には、ただならぬ決意の色が現れている。

そこは、四天王寺の西門にある石鳥居から出て、少し先にある料理茶屋だ。この店は、料理や酒を出すだけではなく、男女の密会の場所も提供している。

――波恵と出雲京四郎の二人は、この店の奥座敷に通された。

四畳半の狭い座敷である。作り置きの料理の膳が二つ、すぐに運ばれてきて、

「御用があらはったら、手を叩いておくれやす」と言って女中は去った。

料理にも酒にも手をつけず、波恵は、すっと立ち上がって、隣の間に続く襖を開いた。隣の間も四畳半で、すでに夜具が敷かれている。

波恵はそこへ入り、二刀を枕元に置くと、振袖や袴を脱ぎ、夜具に横になった

のであった……。

京四郎も、大小を夜具の脇に置いて、下帯一本の半裸体となった。この十八娘は、京四郎が抱いてやらなければ、「舌を嚙んで自害する」と言うのだから、放っておくわけにはいかない。これも、人助けだろう。

波恵の胸に巻かれた晒し布を、京四郎は、静かに外してやった。

波恵は固く目を閉じて無言だが、背中を浮かせて、それに協力する。

女性の胸筋が発達すると、乳房は小さくなるのが普通だ。だが、波恵の胸乳は意外に大きく、乳輪は梅色をしている。

下腹は平べったい。京四郎は、女下帯を解いた。

臀を浮かせて協力したものの、女の部分を剝き出しにした波恵は、瞑目したまま頬を赧らめる。

花園は茜色で、亀裂から花弁が顔を覗かせていた。

恥毛は亀裂の上に一摘まみほど、生えている。女下帯の両側から恥毛がはみ出していなかったのは、その面積が極度に少ないからであった。

女器の色艶からして、波恵は明らかに男識らずの生娘であろう。

緊張のあまり、波恵は、がちがちと歯を鳴らしていた。震えているのだ。

「怖がらずとも良い」と京四郎。

「決して無理なことはせぬと、約束しよう」

そう言って、京四郎は、兵法娘の豊かな乳房と乳房の谷間に唇をつけた。

そして、両手で胸乳を柔らかく愛撫する。

「んん……う……」

波恵の紅唇から、喘ぎ声が洩れた。

京四郎の唇が、硬く尖った梅色の乳頭に触れると、びくっと軀を震わせる。男の舌先が乳頭をくすぐると、「あっ、あっ」という甘い叫びを上げた。

じっくりと時間をかけて、京四郎は、波恵の肉体を愛撫した。女の部分に唇が近づいた時には、すでに、そこから透明な蜜が溢れ出している。

処女の果汁であった。京之介は、その愛汁を啜りこむ。

「ひゃあァっ」

童女のような悲鳴を上げて、波恵は顔を左右に振った。快感が強すぎたのであろう。

さらに秘部に丁寧な愛撫をほどこしてから、京四郎は、己れの下帯を外した。

茄子色の男根は、雄々しくそそり立っている。それ自体が独立した生きものであるかのように、脈動していた。

濡れそぼった美しい秘部に、京四郎は、その丸々と膨れ上がった先端をあてがう。聖なる肉扉を引き裂きながら、十八歳の処女華を貫いた。

「っっっ!!」

波恵は声にならぬ叫びを上げて、背中を弓なりに反らせた。

「波恵。よく辛抱したな」

京四郎は、兵法娘の額に接吻してやる。女門の括約筋が、きつく巨根を締めつけていた。

「私……女になったのでございますか」

目を開くと、か細い声で波恵は訊いた。

「うむ。そなたは今、娘から女になったのだ」

「……………京四郎様っ」

再び目を閉じた波恵は、顎を上げて、くちづけを求める。

京四郎は唇を重ねて、舌先を差し入れた。波恵は、夢中で男の舌を吸う。

互いの舌を吸い合っているうちに、波恵の破華の疼痛は和らいだらしい。

彼女の軀の緊張の具合から、それと察した京四郎は、ゆっくりと抽送を開始した。新鮮な肉襞の味わいは、まことに美味であった。

半刻ほどかけて、京四郎は、十八娘を充分に可愛がってから、吐精した。熱い溶岩流を、女壺の奥に大量に叩きこむ。

波恵も、生まれて初めての女悦の絶頂らしく、肉襞を収縮させた。

そして、しばらく余韻を愉しんでから、京四郎は、枕元に置かれた箱から桜紙を出して、後始末をする。

すると、波恵が軀を起こした。京四郎の前に蹲るようにして、柔らかくなった男根を咥える。

「どうした、波恵」

「出入りの小間物屋の女から、聞いたことがあります……好きな殿方に、女はこうして奉仕するのだ、と」

「無理をせずとも、よいのだぞ」

「いいえ、美味しゅうございます……んん……」

聖液のにおいの残る肉根を、波恵は嬉しそうにしゃぶった。

女になったばかりの十八娘に、拙いながら愛情のこもった口唇奉仕をされて、京四郎のものは再び、逞しく屹立した。

「あの……京四郎様」

巨根の根元の玉袋を舐めながら、波恵が言う。

「お願いしたいことがございます。でも、その前に……波恵の……一番羞かしいところを犯してくださいまし」

「後ろの孔を、か」

「はい……」波恵は真っ赤になって、

「小間物屋の女が言うには、女は好きになったら、相手の殿方に全てを捧げなければならない……と。つまり、女の大事なものを全て捧げ尽くすのだ、と」

「よしよし」

健気な波恵の唇に、京四郎は右の中指を差し入れた。

兵法娘は、その指を男根であるかのように、愛しげにしゃぶる。

それから、京四郎は、全裸の波恵を四ん這いにさせた。刺激的な獣の姿勢だ。

引き締まった少年のような臀を高々と掲げさせる。臀の割れ目の奥に、紅色をした後門が見えた。

その放射状の皺の中心部に、京四郎は、波恵の唾液で濡れた中指を、そっと挿入する。

ぬぷり……と指先が排泄孔に埋まった。

「はァ……」

きゅっ、と後門括約筋が指を締めつける。

「ゆっくりと息を吐いて、力を抜くのだ」

京四郎はそう言って、中指を少しずつ深く潜らせた。

そして、四半刻ほどかけて愛撫して、括約筋の緊張を解きほぐしてゆく。

波恵の背後にまわった京四郎は、片膝立ちになると、十八歳の臀孔を巨根で貫いた。

「…………オォォっ！」

波恵は悲鳴を上げたが、その叫びには甘ったるいものが混じっている。圧倒的に強いものに肉体を征服される悦びを、知ってしまったのだろう。

「もっと、もっと荒々しく犯して……私のお臀の孔を、滅茶苦茶にしてっ」

被虐の快感に目覚めた波恵は、発情した牝犬のように臀を蠢かした。長大な男根を、ぎりぎりと後門括約筋が締めつける。

京四郎は、その臀肉を両手で鷲づかみにして、力強く腰を動かした。

ずぽっ、ずぷっ、ずぽっ……と卑猥な音を立てて、紅色の排泄孔に茄子色の巨根が出没する。

波恵は乱れた。正気を失ったかのよう悦がりまくって、汗まみれになる。

京四郎が止どめの一撃を叩きこむと、波恵は全身を突っ張らせて、臀孔を痙攣させる。

暗黒の狭洞の奥深くに白濁した精を放って、京四郎は、俯せになった波恵の上に覆いかぶさった。

体重は両肘に分散して、出来るだけ兵法娘の負担にならないようにする。

京四郎が、波恵の耳の後ろに溜まった汗を舐めてやると、

「京四郎様……私のお願いを聞いていただけますか」

後門に男根を挿入されたままで、波恵は言う。

「仇討ちに…父の仇討ちに、御助力いただきたいのでございます」

四

安井天神は大坂の桜の名所のひとつで、春には花見客で賑わう。真田幸村が討ち死にした場所としても、有名である。

芳賀流結城道場は、安井天神社から一町ほど先にあった。通りから引っこんだ場所で、正面以外の三方は木立に囲まれている。

住居部分の玄関の脇に、道場の入口があった。

「では、京四郎様――」

通りに立ち止まって、結城波恵は出雲京四郎に言った。

「私が二人を誘い出しますので、道場の方でお待ちいただけますか」

「うむ」

京四郎が頷くと、波恵は、頼もしそうに彼を見上げる。

すでに彼とは他人でなくなった波恵は、言葉や所作の端々に至るまで、京四郎に対する思慕を漲らせていた。

父親の仇討ち――波恵の話によれば、芳賀流道場を開いた結城源兵衛は、今年の春に病死した。

それで、高弟の天岩彦九郎と朝戸太郎左が同格の師範代として門弟たちに稽古をつけて、来年、喪が明けたら、どちらかが波恵の婿となって正式に道場を継ぐ――ということに決まった。

波恵としては、彦九郎にも太郎左にも恋愛感情は持っていなかったが、父の残した道場を守るためには、婿取りの件は承知せざるを得なかった……。

「――ところが、父は病死ではなかったのでございます」

料理茶屋で、衣服をつけた波恵は、説明した。

「下男の由造が度々、彦九郎と太郎左に小遣いをねだっているのを見て、おかしいと思った私は、油を買いに出かけた由造を捕まえて、追及いたしました」

波恵が脇差の切っ先まで突きつけて問い詰めると、由造は、源兵衛の持病の腰痛の薬を、毒薬とすり替えて殺した――と白状したのである。

その毒薬を用意したのは天岩彦九郎、報酬として三十両を由造に払ったのが、朝戸太郎左であった。

二人は前々から共謀して、道場と波恵を手に入れようと計画していたのだ。波恵の婿になった方が形の上では道場主だが、実権は師範代となった方が持つ――という約束である。

真相を知った波恵は、由造を町奉行所に引っ立てようとしたが、逃げられてしまった。

そして、翌日、由造の死骸が安治川に浮いているのが見つかったのだ。

西町奉行所の同心は、由造の死を酔って川に落ちた溺死として処理したが、波恵は他殺だと思っている。おそらく、逃走の資金を要求した由造を、彦九郎たちが溺死に見せかけて殺したのだろう。

波恵は、父が毒殺されたことを訴えようとしたが、生き証人の由造がいなくては、何ひとつ証拠がない。

かといって、波恵の腕前では、二人を討つどころか、片方だけでも無理であった。

そして、由造がいなくなって憂いがなくなったせいか、近頃の彦九郎と太郎左は、波恵に露骨に色欲の眼差しを向けるようになった……。

「このままでは、私は父の仇敵に肌身を瀆されてしまうかも知れません。それなら、いっそのこと……強い殿方に助けていただいて、父の仇討ちをしようと考えたのでございます」

それで、四天王寺の境内で腕の立つ武芸者を捜していたところ、あの四人の浪人者に絡まれたというわけだ。

京四郎を達人と見た波恵は、わざと高慢な態度で喧嘩をふっかけて、自分の貞操を捧げる口実としたのであった。

「わかった。仇討ちの助太刀をしよう。波恵の操を全て貰ったのだから、断るわけにはいくまい」

京四郎が微笑すると、波恵は耳まで真っ赤になって俯いた……。

結城波恵がちらっと京四郎の方を見てから、玄関へ入るのを見届けて、彼は道場へ入った。

もうじき日が暮れる時分だから、今日の稽古は終わっているらしく、二十五畳ほどの広さの道場に、人影はない。

神棚に一礼すると、京四郎は、道場の真ん中に座った。

京四郎は道場破りに来た伊沢峡三郎という兵法者ということにして、二人の高弟を木太刀で存分に打ち据えてから、波恵に仇討ちをさせる——という段取りであった。

その策を実行する緊張のためか、肩越しに振り向いて京四郎を見た時の波恵は、強ばったような表情をしていた。

（妙に静かだな……）

ふと、京四郎が眉をひそめた時——誰も触れていないのに、道場の連子窓が、ぱたんっ、ぱたんっと閉じた。

「む？」

薄暗くなった道場で、京四郎が大刀を取り、片膝立ちになると、

「──罠にかかったな、出雲京四郎」

嘲笑う声が、道場に響き渡った。

「ここが、貴様の死に場所になると知れ！」

五

神棚の下に、いつの間にか、三人の人物が立っていた。

波恵と二人の男である。三人とも、白の水干に水干袴という古風な服装であった。

「……」

先ほどまでとは打って変わって、波恵は、鋼の面のように冷たい表情になっている。

そして、背の高い痩せた男と、小柄だが蟹のように肩幅の広い男は、にたにたと嗤っていた。

「両君は、天岩彦九郎と朝戸太郎左……ではないようだな」

京四郎は、波恵と男たちを等分に見ながら、言った。波恵は、目を逸らせている。

「然り」背の高い男が言った。

「わしは長兄の焔蔵、これは弟の風丸、そして、こっちは妹の波恵だ」

「我らは幻人三兄妹よ」

小柄な男が言う。つまり、二人の高弟が父の仇敵だと言った波恵の話は、全て偽りであったのだ。

「幻人三兄妹……奉魔衆と関わりのある者か」

かつて、京四郎は八つの宝珠をめぐって、奉魔衆なる奇怪な一団と死闘を繰り広げた。伎楽の面を付けた彼らは、人智を越えた妖術を使う者たちであった。京四郎の八人妻の一人である薊は、その奉魔衆の〈呉女〉であったが、今は改心して普通の暮らしを送っている。

その薊の語るところによれば、奉魔衆は中国大陸の西域から来た異能力者であるという。

彼らは〈幻人〉と呼ばれ、表向きは摩訶不思議な観世物を売り物にする遊芸人として、明国で生きていた。

その幻人の集団が、南方貿易の船に乗って、日本へやってきたのは、戦国時代であったという。渡来した理由はわからない。彼らは異能力を武器として、歴史の暗部で冷酷無惨な傭兵として生きてきたのである……。

「出雲京四郎」焔蔵は言った。

「貴様は昨年、由岐野浦の洞窟で奉魔衆の頭目である崑崙を倒したであろう」

「崑崙は、己が妖術によって滅びた。自業自得というべき最期であった」

白目の部分に彫物を施した魔眼の眼光——螺旋眼の術によって、崑崙は、相手を捻りん棒のようにしてしまう。

だが、京四郎が村雨丸の刀身で魔眼の眼光を反射したため、崑崙は己れ自身が捻れて絶命したのだった。

「黙れっ」風丸が叫んだ。

「我ら三兄妹は、その崑崙の子じゃっ」

「何と……」

京四郎は、波恵の方を見た。波恵は顔を伏せてしまう。

「そなたは、父の仇敵である私に身を任せたというのか」

「それが策じゃ」と颪丸。

「生娘が操をくれてやれば、これが罠とは思うまい。案の定、貴様は、のこのこと道場までやってきたではないか」

「その方らは、実の妹を仇討ちの道具に使ったのか。酷い真似を……」

京四郎の声には、騙された怒りよりも、波恵に対する憐憫の色が濃い。

「……」

波恵は、顎が胸に埋まるほど顔を深く伏せた。

「くだらぬ同情よりも、己れ自身の心配をするがいい」

長兄の焔蔵が、辛辣な口調で言う。

「貴様の腰の村雨丸には不思議な神通力があるというが、それは今や、封じられた」

「どういう意味だ」

京四郎が問いかけると、小柄な颪丸が、ふわりと跳躍した。

京四郎の頭上を飛び越えて床に降り立つと、出入り口に行って、その鴨居に手を伸ばす。

颪丸が鴨居から下ろしたのは、一振の大刀であった。

「今から四十年近く前、元禄十六年――」

尊大な表情で、焔蔵が語る。

「江戸で大地震が起こり、十数万人が死んだ」

「元禄大地震のことは、父から聞いている」

京四郎の言う〈父〉とは、養父の出雲修理之介のことだ。

京四郎の実の父親は、里見家最期の当主の里見忠義である。つまり、出雲京四郎は、安房里見家の血をひく唯一の人物なのであった。

「その大地震の折、真っ赤な炎の尾を曳いて髑髏が江戸の方角から飛んできて、箱根山中に落ちた――」

そこにあった村は紅蓮の炎に包まれて焼き尽くされ、生き残った者は数人だけであったという。

そして、炎の髑髏は何処かへと飛び去った。

村は焦土と化し、後片付けの時に名主の土蔵から、焼け焦げた刀が見つかった。

高熱に曝された以上、鈍刃となって役に立たぬと思われたが、物好きな研師が、ためしに研いでみた。

すると、研ぎ上がった刀身は漆黒の輝きを帯びて、見事な斬れ味を示したのである。

しかし、この〈黒太刀〉は災いをもたらすと言われて、持ち主を転々とした。それを、幻人三兄妹の焔蔵が入手したのであった。

「わしが思った通り、その黒太刀には強い魔力が籠もっていた。そして、その魔力で、霊力を打ち消すことが出来るとわかったのだ」

焔蔵が得意げに言う。

「見よ、京四郎！」

風丸が、黒太刀を引き抜く。確かに、その刀身は夜の闇を塗りこめたかのように、漆黒であった。

「この黒太刀が、貴様の村雨丸の霊力を封じておるぞっ」

「――」

京四郎は無言で、村雨丸を抜き放った。

「む……」

七星の文様が施された刀身は、常ならば、氷のように冷たく冴え渡った光を帯びているはずであった。

だが、今、村雨丸の刀身は、曇ったようになっている。

「貴様が数々の死地を生き延びてきたのは、その村雨丸の加護によるものだ」

滔々と語る焔蔵だ。

「今、その霊力が黒太刀によって封じられ、加護を失った以上、貴様が我ら三兄妹に勝つ術はなくなったと知れ」

言い終えた焔蔵は、顎をしゃくった。波恵が、無言で京四郎の右側へ移動する。

これで、京四郎の正面に焔蔵、背後に風丸、右手に波恵という布陣になったわけだ。

「出雲京四郎。この炎塊が、わしの力じゃっ」

焔蔵は、口から黄色い炎の塊を吐き出した。

林檎ほどもある炎塊が、京四郎目がけて飛ぶ。

「むっ」

京四郎は、とっさに村雨丸を左手に持ちかえて、右手で脇差を抜いた。その脇差で、炎塊を断ち斬る。

炎塊は真っ二つに割れて、消滅した。

「一つなら斬れるだろうが、十や二十でも斬れるかな」

猫が鼠をいたぶるような口調で、焔蔵が言う。崑崙の子である三兄妹は、やはり、人間離れした異能力の持ち主であったのだ。

「前ばかり見ていては、命が縮むぞ」

背後の凮丸が言う。凮丸は、黒太刀を道場の床に突き刺した。

そして、両手で見えない何かを捏ねまわすと、ぎゅっと圧縮する。それから、両手を握り合わせて、人差し指を真っ直ぐに伸ばした。

ひゅっ、と鋭い音がして、京四郎の左の袂に穴が開く。

「おっ、これは？」

京四郎は驚いた。

「くく、風弾じゃ」凮丸は嗤う。

「風を鉄砲弾のように固めて、撃ち出すのよ」

それから、凮丸は妹の波恵の方を見て、

「波恵。お前の術も、この間抜けに見せてやれ」

「――」

無表情の波恵は、懐から瓢簞を取り出した。その栓を抜いて、右の掌に水を垂らす。

その右手を、さっと振った。すると、水が直径五寸ほど薄い円盤となって、回転しながら飛んだ。

その水円盤は、京四郎の右の袂を斬り裂いて、道場の反対側の羽目板にぶつかり、消えた。

「波恵の水刃円よ」と焔蔵。

「さあ、京四郎。今から、わしの炎塊、風丸の風弾、そして波恵の水刃円が同時に貴様に襲いかかる。脇差で払うにしても、身をかわすにしても、三つを同時に防ぐことは出来まい」

「………」

京四郎の広い額に、脂汗が滲み出した。焔蔵の言う通り、いかに達人の京四郎でも、これは絶対の危機なのである。

「今こそ、亡父の恨みを晴らすぞ。死ね、出雲京四郎っ」

焔蔵は、かーっと炎塊を吐き出した。

風丸も、捏ね固めた風弾を飛ばす。

そして、波恵は、水刃円を二つも飛ばした。

次の瞬間、驚くべきことが起こった。

水刃円が炎塊にぶつかって四散し、別の水刃円は風弾を斬り裂いたのである。

ほぼ同時に、京四郎は、焔蔵めがけて跳んだ。

脇差で、その頸部を薙ぐ。驚愕の表情のまま、焔蔵の首は吹っ飛んだ。

その時、風丸は「裏切ったなっ」と叫びながら、実の妹に向かって風弾を飛ばしていた。

「あっ」

波恵は避ける間もなく、胸の真ん中を風弾で貫かれる。

身を翻した京四郎は、波恵の軀が崩れ落ちるのを視界の隅にとらえながら、風丸に向かって突進した。

風丸が、風弾を捏ね固める間も与えずに、

「外道っ！」

怒りをこめて、脇差を振り下ろした。

頭頂部から股間まで、風丸は真っ二つに斬り裂かれる。

風丸の右半身と左半身が床に倒れるのと、首の無い焔蔵が倒れるのが、ほとんど同時であった。

「波恵っ」

血振して納刀した京四郎は、波恵に駆け寄った。

白い水干を真っ赤な血に染めた波恵を、京四郎は抱き起こす。

「しっかりしろっ」

「京四郎様……」

弱々しい声で、波恵は言った。

「私の裏切りを咎めもせずに、酷い真似を――と言って下さった……そんな優しい殿方に女にしていただいて、波恵は……本当に幸せな……」

そこで、波恵の声は途切れた。微笑んだままで、波恵は息を引きとったのである。

「波恵……」

京四郎は、その軀を抱きしめてやった――その時、

「許さぬ……許さヌぞ、伏姫の血筋の者よ……」

どこからか、不気味な声が聞こえてきた。

「黒太刀かっ」

何と、床に突き立てられた黒太刀が、声を発しているのだった。

「我は、玉梓……里見家の者どモは…全て滅ぼしてくれようぞ……」

黒太刀に残留していた玉梓の思念が、喋っているのだろう。

と、黒太刀の床に突き刺さった部分から、めらめらと火の手が上がった。

そして、その火の一部が、玉となって床を走り、京四郎の方に向かってくる。

同時に、京四郎の左手の水晶数珠が光り出した。

「おっ」

京四郎は村雨丸を抜いて、その火玉に振り下ろした。氷の光を帯びた刃が、火玉を断ち斬る。

水晶数珠にこめられた伏姫の霊力が、黒太刀の魔力を打ち破ったのだ。

京四郎は波恵を左肩に担いで、出入り口の戸を蹴り倒した。そして、外へ飛び出す。

一瞬、遅れて、道場の建物が紅蓮の業火に包まれた。

「里見京四郎……そなたの子々孫々に至るまで、我が呪いからは逃れられぬぞ……くくく……」

玉梓の嘲笑は、次第に細くなり、そして、消えた。

天を覆うような勢いで黒い煙が噴き上がり、道場も住居も激しく燃えさかる。

「玉梓……私も、私の子孫も、そなたのような悪霊には敗けぬぞ」

冷たくなっていく波恵の軀を両腕で抱いたまま、その業火を見つめて、出雲京四郎は雄々しく言い放つのであった。

あとがき（学研M文庫版より再録）

本作品は、「問題小説」（徳間書店）に、『処刑人 魔狼次』の終了後に『乱華八犬伝』のタイトルで不定期連載されたものです。

元々、『魔狼次』の後は、私の代表作である『修羅之介斬魔剣』の第二部「北上篇」を書くという約束だったのですが、編集部の方から「濡れ場の多い作品にして欲しい」という要望があり、『乱華八犬伝』に決まったわけです。

いつ頃から『八犬伝』物を書きたいと思っていたのか、自分でも思い出せないのですが、オリジナル・ビデオ・アニメーション『THE・八犬伝』の第四話『芳流閣』の脚本を書いた前後から、少しずつ資料を集めていました。

滝沢馬琴の『南総里見八犬伝』の後日談という構想で、濡れ場満載の設定とアクション満載の設定の二通りを考えていたのですが、先に書いた通り、「問題小説」編集部に採用されたのは前者でした。

その前に、ロシアの超能力者軍団と広島の最強極道が闘う『THE・

彫物戦士(タトゥー・フォース)』という漫画の企画書を書いたのですが、奉魔衆(ほうましゅう)の崑崙(こんろん)の魔眼(まがん)は、その軍団長の設定を流用したものです。

また、崑崙が口にする「神侍党(しんじとう)」も、前作の『魔狼次』で使った私のオリジナル設定です。

本作の第一章から第九章が「問題小説」に掲載されましたが、最後の「呪(じゅ)ノ章(しょう)」（注・本書では第五章）はトクマノベルスで全二巻にまとめられた時に、書き下ろしました。自分で書くのは羞(はず)かしいですが、〈呪〉は〈十〉の洒落です。

実は、この「呪ノ章」をプロローグとして、第二部『凶華八犬伝』を「問題小説」で書く予定でした。

第二部は、復活した玉梓(たまずさ)が率いる悪の軍団と『乱華』の主人公の子供である兄妹が闘うという話です。

私が最も影響を受けた玉梓のイメージは、鎌田敏夫(かまたとしお)・原作、深作欣二(ふかさくきんじ)・監督の角川映画『里見八犬伝』の夏木(なつき)マリですね。

志穂美悦子(しほみえつこ)の大ファンである私は、当時、仕事で北海道へ行っていたので、たしか函館の映画館でこの映画を観ました。

女曲舞師(くせまい)、腰元(こしもと)風、そして袴姿の男装で斬って斬って斬りまくる悦ちゃんの犬(いぬ)

坂毛野は、本当に最高。脂がのった深作の演出と千葉真一率いるＪＡＣの全盛期が融合した、素晴らしい娯楽作です（クライマックスの東通ＥＣＧシステムによるビデオ合成だけは、パナビジョンの画面には不似合いで、当時でも違和感がありましたが）。

そして、この映画をブルーレイで見返しても、夏木玉梓は、とてつもない禍々しいオーラが出まくりです。血の池から全裸で出てくる場面は、最高にエロティックですね。

前に『「萌え」の起源～時代小説家が読み解くマンガ・アニメの本質～』（ＰＨＰ研究所）にも書きましたが、私の作品に登場する女性キャラクターの原点は、『００７／ゴールドフィンガー』の男装女ギャングのプッシー・ガロア（オナー・ブラックマン）です。

さらに言えば、悪女キャラの硬質でスタイリッシュな部分はオナー・ブラックマンに、ファナティックでサディスティックな部分は夏木マリのイメージに依存していますね。

ちなみに、夏木さんは、東映のポリティカル・フィクション大作『宣戦布告』でも、眉ひとつ動かさずに仲間を殺す北東人民共和国のスパイマスター・パク大佐を好演していました（男装有り）。『007／ダイ・アナザー・デイ』の北の女拷問官は、夏木さんの足元にも及びませんね。

夏木玉梓はあまりにも完成度が高いのですが、実は、馬琴の原作に登場する玉梓は、上品な手弱女として描かれています。

ですので、『凶華八犬伝』に登場する玉梓は、三十代の黒木瞳をイメージしていました。

右目に懐剣が突き刺さったまま微笑む黒木瞳が、私の考える玉梓（復活バージョン）です。

機会があれば、この『凶華八犬伝』も書いてみたいですね。

二〇一三年十二月

鳴海　丈

あとがき

先月刊行の『妖華八犬伝／天の巻』に続いて、『妖華八犬伝／地の巻』をお送りします。

前巻のあとがきにも書きましたが、この作品の成り立ちについては、今回再録されている学研M文庫版のあとがきに、詳しく書かれています。

私は『乱華八犬伝（妖華八犬伝）』を書くにあたり、杉山二郎さんの『遊民の系譜』（青土社）という本を読んで、〈幻人〉という言葉があることを知りました。

で、早速、敵方の名称にしようと思いつつ、ふと、角川映画『里見八犬伝』のパンフレットを見たら、悪の軍団で汐路章さんが演じているキャラの名前が〈幻人〉。

私は原作である鎌田敏夫さんの『新・里見八犬伝』を読んでいなかったので、映画を見た時にこれに気づかなかったんですね。

真似をしたと思われても困るので、新たに〈奉魔衆〉という名称を考え出したわけです。で、今回、書き下ろし番外篇を書くにあたって、ようやく、〈幻人〉という呼称を使うことが出来て、ちょっと嬉しいです。

忍者物や超能力物、魔術物では、よく〈火・風・水〉の属性がワンセットになっていますが、これも今回、独自のアイディアで使ってみました。

機会があれば、この作品の続編となる『凶華八犬伝』も書いてみたいです。

さて、次の作品は、来年春刊行の『あやかし小町／どくろ舞』になる予定です。お楽しみに。

二〇一八年十月

鳴海　丈

《参考資料》

『日本の埋蔵金』畠山清行　（番町書房）
『房総沖巨大地震』伊藤一男　（崙書房）
『行徳郷土史事典』鈴木和明　（文芸社）
『里見家改易始末』千野原靖方　（崙書房出版）
『すべてわかる戦国大名里見氏の歴史』川名登・編　（国書刊行会）
『房総里見一族』川名登　（新人物往来社）
『房総諸藩録』須田茂　（崙書房出版）
『房総の秘められた話、奇々怪々な話』大衆文学研究会千葉支部・編著　（崙書房）
『大船頭の銚子イワシ話』鈴木正次・他　（崙書房出版）
『海女たちの四季』田仲のよ・他　（新宿書房）
『海女の群像』岩瀬禎之　（透土社）
『館林双書』第十七巻　（館林市教育委員会・館林市立図書館）

『館林尾曳城誌』福田啓作（国書刊行会）
『今昔中山道独案内』今井金吾（JTBパブリッシング）
『今昔三道中独案内』今井金吾（JTBパブリッシング）
『徳川吉宗』辻達也（吉川弘文館）
『批評日本史5／徳川吉宗』奈良本辰也・他（思索社）
『徳川将軍と柳生新陰流』赤羽根龍夫（南窓社）
『徳川綱吉と元禄時代』桑田忠親（秋田書店）
『江戸時代の徳政秘史』中瀬勝太郎（築地書館）
『武江年表』斎藤月岑（平凡社）
『折たく柴の記』新井白石（岩波書店）
『馬琴一家の江戸暮らし』高牧實（中央公論新社）
『伎楽面』（東京国立博物館）
『遊民の系譜』杉山二郎（青土社）
『改訂雨月物語』上田秋成（ＫＡＤＯＫＡＷＡ）
その他

《初出一覧》

天の巻

第一章　宝珠転生「問題小説」（徳間書店刊）二〇〇一年一月号

第二章　大江戸血風陣「問題小説」二〇〇一年五月号

第三章　怪異奉魔衆「問題小説」二〇〇一年七月号

第四章　館林城炎上「問題小説」二〇〇二年一月号

第五章　黄金鬼「問題小説」二〇〇三年一二月号

地の巻

第一章　神変女人能「問題小説」二〇〇四年三月号（「異能の女」改題）

第二章　迦楼羅「問題小説」二〇〇四年六月号（「兇女」改題）

第三章　尾張非情剣「問題小説」二〇〇四年九月号

第四章　八犬女変化「問題小説」二〇〇四年一一月号

第五章　兇女復活　徳間書店よりノベルズ化の際書き下ろし

《単行本初出》

『乱華八犬伝　天の巻』（トクマノベルズ）二〇〇四年一一月一九日刊
『乱華八犬伝　地の巻』（トクマノベルズ）二〇〇四年一二月一九日刊

《文庫版初出》

『乱華八犬伝』（徳間文庫）二〇〇七年四月一五日刊
『艶色美女ちぎり 八犬女宝珠乱れ咲き』（学研M文庫）二〇一三年一二月二四日刊

※本文庫は、右に加筆修正を加えたものです。

妖華八犬伝
地の巻

2018年11月1日　第1版第1刷

著者
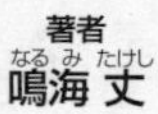
鳴海 丈

発行者
後藤高志

発行所
株式会社 廣済堂出版
〒101-0052 東京都千代田区神田小川町2-3-13 M&Cビル7F
電話◆03-6703-0964［編集］03-6703-0962［販売］Fax◆03-6703-0963［販売］
振替00180-0-164137　http://www.kosaido-pub.co.jp

印刷所・製本所
株式会社 廣済堂

ISBN978-4-331-61678-9 C0193